Algérie :

des histoires presque

vraies !

Photo de couverture : Ahmed Karou

Édition : BoD – (Books on Demand)
12/14 rond-point des Champs-Élysées
75008 Paris

Impression : BoD - (Books on Demand)
Norderstedt, Allemagne

ISBN : 9782322241804

Dépôt légal : Décembre 2020

Algérie :

des histoires presque

vraies !

Gérard LAMBERT

En guise de remerciements :

- *à mon épouse, mes enfants et petits-enfants ;*
- *à mes proches (les cousins à la mode de Bretagne !) ;*
- *à mes anciens élèves et leurs familles ;*
- *à mes ami(e)s d'ici, d'Algérie ou d'ailleurs ;*
- *aux lecteurs, petits et grands, à qui je souhaite du plaisir.*

Kabylie, on se reverra !

Kabylie, après trente ans,
tu m'as accueilli bravement.
Tu m'as offert tes bijoux
et une poignée de glands doux.

Tes villages ont bien grossi
au-dessus de l'oued Aïssi.
Tu as construit des villas
à la force de tes bras.

Tes enfants, devenus grands,
sont, ainsi va la vie, parents.
Tu veilles sur tes petits
et les protèges du mépris.

Ton avenir est à construire.
La solution n'est pas de fuir.
Sur les hauteurs du Djurdjura,
avec bonheur, on se reverra !

« *C'est peut-être de Thirga que partiront les enfants à venir pour la reconquête des plaines.*

Dieu fasse qu'ils soient plus nombreux que les étoiles d'un ciel d'été, qu'ils soient aussi forts que nos cèdres et qu'ils aient la flamme de courage qui gonfle les cœurs. »

Ali MOUZAOUI

Thirga au bout du monde.
L'Harmattan, 2005

Lounès de Tagragra

(Algérie)

Une histoire presque vraie
(1)

L'histoire (presque vraie) se passe dans les années 1970.

Lounès *est né avec des jambes biscornues.*

Dans son petit village de Kabylie (Algérie), il va à l'école à dos d'âne.

Le Père Élan, un Père Blanc, va essayer de l'aider à surmonter son handicap.

Gérard LAMBERT fut Coopérant à l'École des Pères de Taguemount-Azouz (Kabylie - Algérie) en 1971-1973.

Chapitre 1

- **Yemma ! Yemma azziza !** (Maman ! Maman chérie !)
J'ai mal aux yeux et je ne vois plus rien…

Lounès avait crié très fort.

Sa mère Aïna attacha rapidement son âne dans la cour et entra dans leur maison.

- Lounès, mon enfant, j'arrive…

Aïna trouva son garçon à moitié habillé. Il se frottait les yeux : il voulait enlever cette saleté qui était tombée sur ses yeux et qui l'empêchait de voir.

- Lounès, Lounès, arrête... Je vais nettoyer tes yeux.

Aïna plongea la main dans la jarre, prit un peu d'eau dans le creux de sa main et frotta doucement les paupières de son garçon.

Elle comprit vite qu'il avait une vilaine maladie et qu'il fallait un médicament pour le guérir.

Lounès devina, grâce à la lumière de la porte entrouverte, la casserole posée sur les braises du **kanoun** (petit foyer) et même le métier à tisser contre le mur du fond.

Chapitre 2

Lounès était un enfant de la guerre. Il avait eu 10 ans en 1970.

Sa maman et lui habitaient une petite maison du village de Tagragra en Kabylie.

Ils n'avaient pas grand-chose à eux mais ils avaient un âne, un âne pour Lounès.

Lounès ne marchait pas tout seul : à la naissance, ses jambes étaient biscornues et en grandissant, elles s'étaient allongées mais elles ne s'étaient pas redressées.

Pour l'emmener à l'école, sa maman avait donc acheté un âne.

- Aujourd'hui, Lounès tu vas te reposer...
Tiens, mange cette galette et bois ce lait.

Aïna prit la jarre pour aller la remplir à la fontaine et, à son retour, elle s'installa à son métier à tisser : on lui avait commandé une couverture pour un mariage et elle avait besoin de cet argent car elle n'avait pas fini de payer l'âne.

Ses doigts se promenaient rapidement sur le métier entre les fils de trame tendus verticalement. Et, petit à petit, des motifs géométriques apparaissaient : lignes, zigzags, losanges.

Chapitre 3

Le lendemain matin, Lounès se réveilla encore avec cette saleté sur les yeux.

- Lounès, mon chéri, nous allons chez le Père Élan.

Le garçon ne fut pas surpris. Toutes les familles de son village connaissaient ce "toubib" : un Père Blanc aux cheveux blancs !

C'est donc à dos d'âne que Lounès parcourut le sentier jusqu'au dispensaire de Taguemount.

Ils passèrent près du lavoir où des femmes brossaient le linge sur d'immenses pierres plates puis le rinçaient dans un minuscule ruisseau.

Lounès ne voyait rien mais Aïna tenait l'âne par la bride. Il sut qu'il était arrivé quand il sentit les amandiers en fleurs dans le jardin de l'école des Pères.

Aïna attacha l'âne au mur proche du portail et Lounès descendit de sa monture en se tenant au pommeau de la selle.

Dans la salle d'attente, Lounès devina la présence d'un vieillard qui gémissait et d'un bébé qui tétait le sein de sa mère.

Chapitre 4

Son tour arriva.

Lounès s'accrocha solidement au bras de sa mère qui l'aida à entrer en marchant dans la salle de soins du "toubib".

Le Père Élan lui lava les yeux avec de l'eau bouillie et lui appliqua une pommade sous les paupières.

- ***Ism-ik ?*** (Comment t'appelles-tu ?)

- *Lounès.*

- *Vas-tu à l'école ?*

- *Oui, depuis trois ans.*

- *Je sais que tu ne peux pas lire à cause de cette conjonctivite mais je vais te prêter un livre. Tu demanderas à un camarade de te lire les histoires à voix haute et tu me le rapporteras dans deux semaines.*

- *Merci.*

- *Madame, il faudra lui laver les yeux trois fois par jour avec de l'eau bouillie et lui mettre cette pommade. Je vous donne le tube.*

Aïna remercia le "cheikh toubib" et aida Lounès à sortir et à grimper sur son âne.

Chapitre 5

Dès le lendemain, Mouloud, un camarade de classe, vint demander des nouvelles de Lounès.

Aïna était partie avec l'âne pour ramasser du bois mort sur les pentes vers l'Oued Aïssi.

Mouloud laissa la porte ouverte pour mieux voir son camarade : celui-ci était assis par terre et ses yeux étaient jaunes de pommade.

*- Mouloud, attrape une poignée de figues sèches dans **l'akoufi*** (un grand récipient en terre où on conservait, les céréales ou les fruits secs).

Les deux garçons se régalèrent...

- Mouloud veux-tu bien me lire une histoire ?

Mouloud prit le livre que Lounès lui tendait.

Les fourberies d'Inissi.

La figue de barbarie : il advint une année de famine pour les bêtes sauvages habitant le maquis. Tout ce qui avait petites oreilles dressées et pattes trottinantes mourait de faim...

C'est seulement vers le milieu de l'histoire que Lounès comprit que cette histoire était la même que sa mère lui racontait en kabyle : **Ta karmoust.**

Chapitre 6

Mouloud revint le jour suivant et il prit du plaisir à continuer la lecture du livre **Les fourberies d'Inissi.**

Lounès et lui découvrirent ainsi une autre maladie que l'on appelait en français la gale et qu'on ne pouvait guérir que si on soignait toutes les personnes de la maison.

Ils suivirent aussi le hérisson et le chacal sur un tas de détritus, l'un qui se contentait de quelques gouttes de lait au fond d'une boite et l'autre qui dévorait les charognes. Et ce qui devait arriver arriva : le chacal se rendit malade !

Après quelques jours de bons soins, Lounès retrouva la vue et il prit lui-même le livre.

Il recommença la lecture page 2 :
La figue de barbarie :
Il advint une année de famine…
Les animaux se rassemblèrent...
Il y avait là Chacal et Hérisson…
Tous étaient bien maigres sauf Hérisson...
Sa bouche laissait déborder sa salive...

Il passa à la page 3 mais n'arriva pas à la lire facilement : **Takermust.**
Idewl-ed useğğas el-lazf-lewhuc iezdyen di lγaba.

Ce n'était pas du français ; c'était la langue de sa mère.

Chapitre 7

Jamais, on ne lui avait dit que la langue de sa mère pouvait s'écrire.

Il reconnut des mots :
Wuccen (le chacal),
Inissi (le hérisson),
Ukeṛmus (le cactus),
Tidmert (le menton),
Nennudem (nous avons sommeil).
...
Le garçon connaissait bien les chacals qu'il entendait crier la nuit dans les maquis en contrebas du village.

Alors, mot après mot, il associa les signes et les sons et il lut toute l'histoire.

Si bien que, la semaine suivante, le garçon demanda au Père Élan un autre livre écrit dans la langue de sa mère.

Le "cheikh toubib" lui expliqua que le Père Genevois écrivait des livres en kabyle mais que c'était des livres pour les grandes personnes.

Puis le Père Élan s'adressa à sa mère :

- *Madame, si vous êtes d'accord, j'emmènerai Lounès à Tizi jeudi en voiture. Il pourra peut-être trouver le livre qu'il cherche.*

Chapitre 8

Aïna aida Lounès à descendre de l'âne et à s'asseoir dans la "Deux-Chevaux". Un Coopérant (Enseignant à l'école des Pères) était aussi du voyage.

Jusqu'à Beni-Douala, c'était une piste en terre ! Ensuite, une route goudronnée . La voiture penchait vers l'avant et Lounès eut beaucoup de plaisir à se pencher avec la voiture dans les virages de la longue descente.

À Tizi-Ouzou, Lounès admira les cigognes qui réparaient leurs nids.

Le Père Élan s'arrêta d'abord devant la pharmacie de la Grande Rue. Il demanda au Coopérant de le rejoindre avec le garçon.

Le pharmacien mesura Lounès. (Sa taille mais aussi sa longueur de bras et de jambes !)

Ensuite le Père Élan les déposa devant la Librairie du centre.

Lounès fut émerveillé par tous les livres mais il ne trouva aucun livre écrit en kabyle. Le Coopérant acheta **Les chemins qui montent** pour lui et **Le fils du pauvre** pour le garçon.

Deux livres de Mouloud Feraoun, un Auteur qui reposait au cimetière de Tizi-Hibel (Le village entre Taguemount et Tagragra).

Chapitre 9

Sur la route du retour, la voiture haussait du nez car elle était lourdement chargée de provisions pour les Pères mais aussi pour des familles.

La voiture fumait beaucoup dans la longue montée.

Le Père Élan tenait fermement le volant et avançait les épaules... comme pour ajouter sa force à celle de la voiture !

Assis à l'avant, le Coopérant admirait le paysage.

Lounès essaya de lire les premières pages de son livre.

Mais il eut des haut-le-cœur et il buta sur le titre *Le fils du pauvre*.

N'était-il pas, lui aussi, le fils du pauvre ou plutôt de la pauvresse ?

Il n'avait jamais connu son père. Sa mère lui avait seulement dit que celui-ci reviendrait un jour de la France.

Et puis, ce Mouloud Feraoun qui était né dans le village voisin, pourquoi n'avait-il pas écrit son histoire dans la langue de sa mère, la langue kabyle ?

Il s'assoupit et rêva qu'un jour il serait écrivain.

Chapitre 10

La " Deux-Chevaux " s'arrêta près du portail du dispensaire. De nombreuses femmes chargèrent leurs provisions sur leur dos et rejoignirent les villages voisins.

Le Coopérant emporta les provisions des Pères vers la cuisine. Et Lounès attendit sa mère en regardant quelques garçons du village qui jouaient au football dans la cour de l'école. Lui ne pourrait jamais jouer au ballon à cause de ses jambes biscornues ?

Puis il entendit sa mère qui pressait l'âne.

Elle remercia le Père Élan pour la promenade avant que Lounès ait eu le temps de raconter sa journée.

- *Pourriez-vous, Madame, porter ce sac de semoule chez les Sœurs de Tizi Hibel ?*
... Je voudrais aussi revoir Lounès jeudi prochain en soirée !

- *Mais bien sûr... ah Cheikh...*

Chapitre 11

Lounès était guéri.

Aïna ne voyait pas pourquoi le Père demandait à le revoir dans une semaine.

Elle se posa plein de questions :
- *Lui avait-il trouvé une autre maladie ?*
- *Voulait-il l'inscrire au collège ?*
- *Ou était-ce l'âne qui l'intéressait pour transporter à nouveau des provisions ?*

Le jeudi suivant, ce fut une grande surprise pour elle et pour son fils.

Avant même que Lounès descende de l'âne, le Père Élan s'approcha de lui avec une béquille dans chaque main. Il était un peu ridicule avec ces béquilles qui ne touchaient pas terre !

- *C'est pour toi, Lounès.*

Sans se faire prier, Lounès empoigna les deux béquilles et, comme il avait de la force dans les bras, il n'eut aucun mal à marcher seul.

Sa mère s'inquiéta du prix mais le Père dit qu'il avait reçu de l'argent de France.

Elle lui saisit la main pour l'embrasser.

Lounès était à l'aise avec ses deux béquilles.

- *Vas-y maman, je descendrai seul à Tagragra.*

Chapitre 12

À partir de ce jour-là, Lounès alla seul à l'école. Sa mère en profita pour faire travailler son âne qui transportait le fumier des voisins jusqu'à leurs champs dans un *chouari* (double couffin) et revenait chargé du fourrage. Elle eut aussi plus de temps pour tisser. Si bien qu'avant les grandes vacances, Aïna demanda à Lounès de porter un tapis enveloppé dans du papier journal au Père Élan.

Le chemin de terre montait mais il était bien entretenu et puis Lounès s'était musclé. Le Père accepta le paquet et devina son contenu.

En sortant, Lounès vit des jeunes du village qui jouaient au football dans la cour. On l'invita à rentrer dans une équipe et il se débrouilla très bien avec ses quatre jambes. À la fin de la partie, on discuta un peu de ce qu'il aimait. Il cita *Les fourberies d'Inissi* qu'il avait lues en kabyle.

Les autres ne connaissaient pas ce livre mais ils lui montrèrent une feuille avec des symboles étranges et ils lui expliquèrent que c'était l'**alphabet tifinagh** et que ça ressemblait beaucoup à l'écriture de leurs ancêtres des temps anciens, du temps de Jugurtha, du temps de Massinissa et même du temps de Syphax.

Sur le chemin du retour, Lounès prit une grande décision. Un jour, il écrirait en kabyle :
MMI-S N TIGELLILT. **(Le fils de la pauvresse.)**
Fin

À *savoir* :

Père Joseph Élan et 2 Coopérants

Le Père Joseph Élan (1912-2003) vécut près de 50 ans en Kabylie : de Michelet (1939) à Tizi-Ouzou (1986) en passant par Ouaghzen, Bou-Nouh, Ighil-Ali, Ouadhias, Taguemount-Azouz.

Il fut infirmier, directeur d'école, gestionnaire de centre, écrivain public, assistant social…

Durant la guerre d'Indépendance de l'Algérie, il fut enlevé par les fellaghas le 2 décembre 1956 et remis en liberté le 30 décembre 1956. Cette épreuve le marqua profondément et ses cheveux devinrent tout blancs.

Kenza de Djémila

(Algérie)

Une histoire presque vraie
(2)

*L'histoire (presque vraie) se passe dans les années 1980. **Kenza** est élevée par sa grand-mère dans les environs de Djémila (Sétif – Algérie).*

Son père travaille comme ouvrier agricole dans une palmeraie mais il gagne peu. Kenza pourra-t-elle, malgré tout, aller au collège ?

Comme "Monsieur Jezoul", **Gérard LAMBERT** a visité l'Algérie, ses paysages grandioses, ses populations diverses et ses sites historiques témoins de différentes époques.

Chapitre 1

- Une voiture rouge ! J'ai gagné... Kenza, tu me donneras cinq dattes.

Silas, le petit frère va ainsi récupérer une partie du goûter de sa sœur.

Les deux enfants s'étaient installés avec leur troupeau de moutons en bordure de la route qui va vers les ruines de Djémila.

Leur grand-mère leur avait pourtant demandé de conduire les bêtes près de la rivière car l'herbe y est plus abondante.

Mais là-bas, ils s'ennuyaient.

Près de la route, Kenza et Silas jouaient aussi à **tiddas** (la marelle).

Ils avaient creusé le carré et ses lignes dans la terre rouge. Chacun était assis sur un caillou. Silas en avait choisi un gros ; ce qui lui donnait encore plus de hauteur.

Et c'est ainsi qu'il était toujours le premier à apercevoir les voitures. Suivant leur humeur, ils pariaient sur la couleur : une fois des bleues, une autre fois des blanches, aujourd'hui des rouges.

Chapitre 2

Silas se met debout sur le rocher et fait de grands gestes pour saluer les voyageurs.

Dans la voiture, Monsieur et Madame Jezoul sont bien contents de voir ces deux petits bergers car ils reviennent de visiter Djémila et ils n'ont vu personne depuis plusieurs kilomètres. Ils s'arrêtent.
- *Bonjour les enfants.*

- *Bonjour Madame, bonjour Monsieur,* répond Kenza.

- *Tu parles bien français.*

- *J'apprends le français à l'école. Moi je m'appelle Kenza.*

- *Et lui ?*

- *Lui c'est mon frère ; il s'appelle Silas. Il apprend l'arabe et après il apprendra le français. Nous sommes encore dans la même école mais en septembre j'irai,* **Inch Allah** (Si Dieu le veut), *au Collège.*

Silas ne comprend pas ce que dit sa sœur. Alors il retourne à son jeu et cherche une astuce pour aligner rapidement ses jetons.

Monsieur Jezoul s'intéresse aussi au jeu et il est surpris de voir des pions en terre cuite.

Chapitre 3

Silas est encore plus intéressé par la voiture des Français que par ses jetons. Il a laissé Monsieur Jezoul les observer sans crainte.

- Chérie, regarde : on dirait des pièces de monnaie !
On voit même des inscriptions romaines.

Kenza a compris "pièces de monnaie".

Elle raconte :
- Ce sont des boutons. Silas les a pris dans le coffre
de grand-mère. On joue avec à la marelle.

- Les enfants, vous voulez bien me les montrer ?

- Silas, montre tous les boutons !

Un par un, Silas montre ses trésors à Monsieur et Madame Jezoul.

Ceux-ci regardent de près les boutons tous pareils mais qui n'ont pas de trous !

- Chérie, je suis curieux d'en savoir plus : il faudrait
que je parle avec leur grand-mère.

- Grand-mère sera contente. Elle parle bien le
français.
... Silas, regroupe les moutons ! **Fissa !** (Vite !)

Chapitre 4

Silas ne parle pas français mais il a deviné que les deux Français vont venir à leur maison. Il a envie de partir loin.

Sur le chemin, Kenza prend la main de Madame Jezoul pour la guider dans la bonne direction. Silas est obligé de s'occuper des six moutons qui s'arrêtent pour brouter. Il pense à la suite...
Comment faire pour dire à sa grand-mère qu'il a fouillé dans son coffre ?

C'est Kenza qui annonce :
- *Grand-mère, je viens chez nous avec deux Français ; ils reviennent de Djémila.*

- *Bonjour Madame. Kenza nous a dit que notre visite vous ferait plaisir.*

- *Oui ça me fait plaisir ; j'aime bien parler français. Avant l'indépendance, j'ai travaillé dans un hôtel à Sétif. Maintenant je m'occupe seule de ces deux enfants car leur mère n'est plus de ce monde. **Allah y rahmou !** (Que Dieu ait son âme !). Et leur père travaille à Tolga près de Biskra.*

- *Madame, nous aimerions que vous nous parliez de votre trésor.*

- *Le trésor mais quel trésor ? Je n'ai rien qui a de la valeur...*

Chapitre 5

- Dans mon coffre j'ai mes affaires de la ville.

Silas reste près de la porte. Il va se sauver si besoin. Monsieur Jezoul lui demande gentiment :
- Silas, montre à ta grand-mère ce que tu as pris dans son coffre.

Kenza traduit et Silas sort une petite poignée de boutons.
- Vous vouliez parler de mes jetons : je voulais les lui donner un jour...
- Est-ce que vous vous rappelez comment vous les avez eus ?

- Oui je les ai trouvés un jour de 1950 où Madame Brun avait emmené tout le personnel visiter Djémila. Après le pique-nique, je me suis éloignée du groupe et je m'amusais à retourner des grosses pierres au bord de l'oued. J'ai pensé que c'étaient des boutons mais qu'on n'avait pas eu le temps de faire les trous. Je les ai gardés : c'était un souvenir de cette belle journée. Après, j'ai compris que c'étaient des jetons mais je ne savais pas pour quel jeu.

- Madame, moi je pense que ce sont des jetons très très anciens : un vrai trésor ! Silas veux-tu bien les redonner à ta grand-mère ?

Le garçon est un peu déçu : il reprendra des noyaux d'abricots pour jouer à la marelle.

Chapitre 6

Une fois par mois, le papa de Silas et Kenza revient chez lui en bus.

Il aime faire plaisir à ses enfants. Ce jour-là, il apporte une douzaine d'abricots.

- *Voilà pour vous des abricots que je fais pousser chez le propriétaire. Ils viennent des arbres que j'ai plantés, taillés et arrosés souvent.*

Kenza veut en savoir plus :

- *Papa dis-nous tout ce que tu fais pousser dans la palmeraie.*

- *Dans les arbres : des dattes, des grenades, des abricots et par terre : des melons, des fraises, des tomates, des poivrons, des piments et aussi d'autres légumes et encore de la menthe.*

- *Pourquoi ne rapportes-tu jamais de dattes ?*

- *Le propriétaire a des fellahs qui récoltent les dattes et qui les rangent dans des boîtes en carton et, lui, il les vend très cher !*

Silas, lui, est content d'avoir des abricots car il gardera les noyaux pour ses jeux.

La grand-mère raconte la visite des Français mais elle ne parle pas de son trésor...

Chapitre 7

La discussion continue.

- Et chez nous, quoi d'autre ? demande le père.

Silas raconte qu'il n'y a plus d'herbe dans les champs qui sont près de la maison et que, maintenant, ils sont obligés d'emmener les moutons plus loin que la grand-route.

Kenza parle de ses résultats scolaires. Elle a eu de très bonnes notes notamment en français : il faut dire que sa grand-mère l'a aidée à faire les révisions. Elle est fière car elle a réussi le concours d'entrée au collège.

Le père essaye de la raisonner :

- Ma fille, le collège c'est loin et puis on va te demander un trousseau !
Tu sais, le propriétaire ne me donne pas beaucoup d'argent...

La grand-mère est déçue pour sa petite-fille mais elle ne trouve pas les mots pour encourager son fils à accepter quatre années de collège pour Kenza.

Silas a d'autres envies :

- Papa, est-ce que je pourrai avoir un chien pour m'aider à garder les moutons ?

Chapitre 8

De retour à Alger, Monsieur et Madame Jezoul vont visiter le musée des Antiquités.

Ils ont bien l'intention de découvrir pour quel jeu on se servait des jetons trouvés par la grand-mère.

Ils remontent la Rue Didouche Mourad sur toute sa longueur, dépassent le très joli Musée du Bardo et arrivent au Parc de Galland.

Voilà le musée qu'ils cherchent : à l'intérieur, ils traversent rapidement la Salle des Marbres avec ses statues monumentales.

En parcourant les étagères de l'époque romaine, ils repèrent un petit carré de terre cuite avec des lettres en relief et, à côté, il y a cette inscription :
Tessère (Tessera 2ᵉ siècle) : jeton d'entrée aux Jeux du cirque.

La grand-mère possède bien un trésor : cinq jetons qui datent de l'Empire romain !

Chapitre 9

La semaine suivante, Monsieur et Madame Jezoul décident de retourner à Djémila pour partager leur découverte avec la grand-mère de Kenza et Silas et aussi avec le conservateur du musée archéologique.

Kenza et Silas sont à l'école. La grand-mère offre le café et des morceaux de galette de semoule.

- Nous avons une bonne nouvelle : vos jetons datent de l'Antiquité romaine et ils ont une grande valeur historique !

- C'est vrai que je n'ai jamais réussi à lire ce qui est écrit dessus...

- Si vous êtes d'accord, nous allons les montrer au responsable du musée de Djémila.

- Vous pouvez même les lui donner !

La grand-mère ne demande rien en échange. Secrètement, elle espère que Monsieur et Madame Jezoul lui apportent un petit cadeau pour Kenza et Silas.

Les Français ne sont pas venus les mains vides. Dans leur voiture, il y a une trousse d'écolier et un sac de billes mais ils veulent les remettre personnellement aux enfants.

Chapitre10

Monsieur et Madame Jezoul arrivent de bonne heure à Djémila. En achetant leurs billets d'entrée sur le site, ils demandent à voir le conservateur.

Le guichetier leur répond que celui-ci ne reçoit pas les visiteurs. Alors ils lui montrent une tessère et le guichetier comprend qu'il faut téléphoner à son responsable.

Le conservateur leur demande de les rejoindre au Musée. Il est ébahi par ce que lui montre Monsieur Jezoul : cinq tessères romaines. Il les observe et il y déchiffre l'inscription latine :
ASINUS - CVICVL (L'ÂNE – CUICUL).

Il demande aux Français comment ils ont eu ces jetons. Monsieur Jezoul raconte l'histoire de la grand-mère ; alors le conservateur est rassuré et il propose au couple de les leur acheter.

Il leur demande aussi de revenir à 16 heures car il faut l'accord du Directeur des Affaires Culturelles de Sétif. Monsieur Jezoul est précautionneux : il laisse une tessère au conservateur et garde les quatre autres dans sa poche.

Monsieur et Madame Jezoul en profitent pour se promener dans les vestiges et imaginer la vie dans cette ville au temps des Romains.

De retour à 16 heures, ils échangent les quatre autres tessères contre des dinars.

Chapitre 11

Monsieur et Madame Jezoul sont tellement heureux pour cette famille qu'ils parcourent les kilomètres sans faire attention à bien repérer leur chemin.
- *Ouf le voici !*

Lorsqu'ils arrivent dans la famille, Kenza et Silas sont revenus de l'école.

Leur grand-mère a nourri les moutons et préparé des beignets de pâte. Elle a aussi ramassé des plantes avec lesquelles elle fait une tisane.
Les enfants et les invités se régalent.

Monsieur Jezoul annonce à la grand-mère :
- *Affaire conclue !*

Madame Jezoul donne les cadeaux aux enfants : un sac de billes pour Silas et une trousse garnie pour Kenza.

Pendant ce temps, Monsieur Jezoul remet une enveloppe de billets à leur grand-mère.

Sans même l'ouvrir, elle s'adresse à sa petite fille :

- *Kenza **azziza** (ma chérie), si ton père est d'accord, tu iras au collège…*

- ***Tanmirt ah Djida** (Merci Grand-mère), je vais passer de bonnes vacances.*

Chapitre 12

En octobre, Monsieur et Madame Jezoul reçoivent une lettre de Kenza :

Cher Tonton et chère Tata

J'espère que vous allez bien. Chez nous, tout va bien. Silas a maintenant un chien. Je me plais bien au collège.
Le professeur d'Histoire nous a emmenés à Djémila pour visiter les ruines et le musée.

J'ai vu les rues pavées bordées de colonnes, les ruines des maisons et le plus beau : l'Arc de triomphe de Caracalla, le Temple de Septime Sévère et l'Amphithéâtre avec ses gradins en demi-cercle.
Parmi les belles demeures, on a visité la "Maison de l'Âne" avec son vestibule et ses thermes.

Au Musée, le guide nous a montré la céramique de l'Âne-Vainqueur et aussi les jetons de grand-mère !

Chapitre 13

Puis le guide nous a raconté cette histoire :

Un riche notable vivait à Djémila au temps des Romains (vers le 3ème siècle). Un jour il décida d'inviter des centaines de familles au théâtre pour un spectacle. *(Il y avait de la place pour 3000 personnes.)* Il demanda au potier de fabriquer des jetons avec, en dessin, la tête d'un âne et comme inscription "ASINUS-CUICUL".

Le potier commença par fabriquer un moule en bois et il creusa l'inscription à l'envers, puis le dessin. Il demanda aussi à un ouvrier de préparer une grande quantité de terre et de faire des petites boules de glaise.

Un autre prit ces boules, une par une, pour les aplatir dans le moule et obtenir ainsi les jetons. Le potier, lui, vérifiait chaque tessère, surtout les lettres et le dessin en relief. Puis il les fit cuire dans son four de briques et les remit au notable qui demanda à ses serviteurs de les distribuer avec largesse.

Il est probable qu'un de ces serviteurs cacha ces cinq tessères sous un gros caillou au bord de l'oued car c'est là qu'elles ont été retrouvées en 1950. Je vous laisse imaginer pourquoi...

J'étais fière car les jetons de grand-mère font partie de l'Histoire de mon pays. Mais je n'ai rien dit à mes copines !

Fin

À *savoir* :

La ville antique de **Cuicul (Djémila)** existe depuis le 1ᵉʳ siècle après Jésus-Christ. Elle a connu différentes époques : celle des Empereurs "Antonin", celle des Empereurs "Sévère", celle des Évêques chrétiens, celle des Vandales…

Abandonnée elle disparut, presque entièrement, pendant des siècles, sous la végétation et la terre apportée par le ruissellement de l'eau.

Ce n'est qu'après la conquête française qu'un premier plan fut établi (1840). Le lieutenant Dufour y découvrit une belle statue de femme lors des premières fouilles en 1878.

Les principales découvertes et restaurations datent de 1912 dont l'Arc de Caracalla, arc à une seule arche avec, de chaque côté, deux colonnes corinthiennes.

Zineb de Cherchell

(Algérie)

Une histoire presque vraie
(3)

Zineb vit dans un village des Monts Chenoua (Algérie) avec ses parents et ses trois frères.

Elle aime les études mais un cousin d'Alger voudrait se marier avec elle.

Comment va-t-elle réagir ?
Et qu'en pensent ses parents ?

Gérard LAMBERT fit plusieurs voyages en Algérie dans les années 2000, ce qui lui permit de revoir d'anciens élèves devenus parents et de visiter le village agraire qu'il avait "bâti" en 1974.

Chapitre 1

- **Yalla Zineb !** (Debout Zineb !)

Zineb est fatiguée. Cela fait quatre semaines qu'elle se couche tard à cause du **Ramadan** (Carême). D'autant qu'en ce mois de septembre 2007, il a fait très chaud même la nuit.

- *Zineb, debout ! C'est l'Aïd !* (Fin du carême)

Sa mère est déjà en train de préparer le petit déjeuner pour son mari et leurs trois garçons.

Elle dresse, sur la table basse du salon, du café, des boissons et une profusion de gâteaux qu'elles ont confectionnés sans pouvoir les goûter durant ces derniers jours.

Le père de famille arrive en tenue de fête : djellaba blanche, chéchia, barbe soignée et parfumée à l'Eau de Zemzem. Youcef, l'aîné des garçons, le rejoint dans la même tenue (mais sans la barbe !). Zineb est surprise : c'est la première fois qu'elle le voit ainsi habillé.

Les hommes déjeunent pendant que Zineb et sa mère s'occupent des plus petits : Abdenour et Hichem.

Elles les servent et grignotent quelques morceaux au passage car elles n'ont pas eu de temps pour elles.

Il ne faut pas tarder : le père les emmène tous à Cherchell pour la grande prière.

Chapitre 2

La petite voiture japonaise sent encore le plastique neuf. Hichem y trouve un coussin pour lui derrière le siège arrière. Jusqu'à Cherchell, la nouvelle route n'est pas très longue mais la voiture est en rodage et le conducteur novice.

Il y a foule dans la rue et sur la place devant la mosquée. Les haut-parleurs scandent des invocations :
Allahou Akbar, Allahou Akbar, Allahou Akbar...

Zineb et sa mère peuvent accéder à l'espace réservé aux femmes dans la mosquée. Youcef, ses frères et leur père font face au fronton triangulaire et aux colonnes monumentales. Il y a la prière puis le prêche retransmis par les haut-parleurs et à nouveau des invocations.

La famille se retrouve... Pas pour longtemps car le père de famille souhaite visiter la mosquée.

Zineb se promène avec sa mère et ses frères sur la place bordée d'arbres qu'elle n'a jamais vus : leurs troncs sont plus noueux que ceux des figuiers et ils portent un feuillage luisant. À l'horizon, le phare, et, au fond de cette place, une fontaine qui attire les visiteurs. Elle est ornée de quatre têtes monumentales dont une tête féminine.

Zineb, sa mère et ses frères parcourent la place de long en large jusqu'à ce qu'ils trouvent un banc libre à l'ombre. Leur attente est longue et Zineb s'impatiente :
- *Que fait papa ? On aurait pu aller en voiture visiter la côte vers l'ouest.*

Son père, lui, admire la mosquée et discute longuement avec l'imam. Il parle de l'édifice mais surtout de religion car c'est son passe-temps favori.

Chapitre 3

L'école recommence : Zineb et Youcef au collège, les plus petits à l'école fondamentale.

Un jour, le professeur d'Histoire dit son désaccord avec ces statues que l'on élève à travers le pays en l'honneur des martyrs de la Révolution.

Il proclame que c'est **haram** (illicite, péché) car le Prophète, (صلى الله عليه و سلم) (La paix de Dieu soit sur lui.), a dit "*Tous ceux qui dessinent des formes ayant une âme iront en Enfer.*"

Zineb repense aux têtes sculptées de la fontaine romaine. Sont-elles aussi *haram* ? Mais elle ne pose pas la question !

Un camarade de classe lance à qui veut l'entendre :
- *Dans le Musée de Cherchell, il y a des statues qui vont vous choquer Monsieur : des femmes sans rien du tout sur la tête ni sur les seins et un géant tout nu !*

Le professeur incrimine les **Roumis** (que ce soient les Romains de l'Antiquité ou les Colons de 1830 à 1962) et revient à son cours.

Zineb aimerait en savoir plus sur l'Histoire de sa ville et de son pays ; mais comment ?

Le professeur ne parle que de l'Histoire islamique et son père lui refuse un ordinateur. D'ailleurs, il n'y a pas Internet dans le hameau* agricole où vit la famille !

* *Un village construit pendant la révolution agraire à l'époque du Président Boumediene.*

Chapitre 4

Une année a passé. Zineb est maintenant au lycée. Lors de la dernière fête de l'Aïd, ses parents l'ont emmenée rendre visite à un cousin à Alger.

Un vieux cousin (c'est l'image qu'elle en garde !) qui vit chez ses parents dans un appartement sombre de Bab-el-Oued.

On dit qu'Abdellah, son cousin, est un repenti. Ce que l'on sait, c'est que, dans les années 80, il était *hittiste* (il passait ses journées à ne rien faire avec d'autres jeunes comme lui) et que, depuis la Concorde civile, il a maintenant une petite épicerie.

Sa mère est fière de lui :

- *Abdellah travaille bien et, en plus, il est bon pratiquant : il va tous les jours à la mosquée pour les cinq prières.*

De la cuisine, Zineb voit cet homme au ventre rebondi sous la djellaba.

Lui, il regarde de biais en direction de la cuisine comme un enfant gourmand de friandises.

Les hôtes et leurs invités apprécient plus les pâtisseries orientales de Cherchell que les gaufrettes d'Alger !

Le retour est étonnamment silencieux : le père est concentré sur la conduite sur une route bondée. La mère semble soucieuse... (Les parents de son mari ne lui ont jamais inspiré confiance !). Et les enfants sont déçus : ils auraient aimé visiter Alger.

Chapitre 5

En seconde, la professeure d'Histoire est passionnée et dynamique. Elle aborde des périodes de l'Histoire de l'Afrique du Nord et du Monde avec enthousiasme et regard critique.

En mars 2009, elle organise même une excursion au Mausolée Royal de Maurétanie.

Le car quitte la route de la côte, gravit la colline et stationne près du monument qui s'impose.

La professeure explique :
- *Beaucoup de personnes appellent cette construction :* **Kbour-er-Roumia** (Tombeau de la Chrétienne). *Voyez-vous pourquoi ?*
- *Oui une croix !*
- *La croix que vous voyez a été sculptée vers le quatrième siècle après Jésus-Christ alors que la construction date du premier siècle.*
Il y en a trois autres : une à chaque point cardinal.
Auparavant, il y avait seulement les colonnes au nombre de soixante avec, au-dessus, les trente-trois gradins de pierre qui forment le dôme.

Mais il y a une chose que personne ne remarque : ce dôme a été construit sur un soubassement carré comme si on avait eu l'intention d'élever une pyramide.
Il faut dire que Cléopâtre-Séléné, la femme de Juba II, avait des origines égyptiennes par sa mère, la reine Cléopâtre VII.

Ce mausolée fut, très probablement, le tombeau de ce couple royal mais les fouilles n'ont pas permis de le confirmer.

Chapitre 6

Grâce notamment à ses notes d'Histoire, Zineb a eu de bons résultats scolaires en classe de seconde.

Elle passe ses vacances en famille lorsque le vieux cousin d'Alger annonce sa visite par courrier.

Il viendra avec un ami qui a une voiture, et aussi avec ses parents.

La lettre n'arrive que la veille du jour indiqué et il ne fournit même pas de numéro de téléphone pour la réponse !

Qu'à cela ne tienne, Zineb et sa mère leur préparent un copieux repas.

Les invités ont apporté un appétissant gâteau acheté en pâtisserie. Pourquoi s'être mis en frais ?

On parle de la santé des uns et des autres, du travail du père à la Poste de Cherchell, du commerce d'Abdellah à Alger et des études des enfants.

Après maintes banalités, c'est l'oncle de Zineb qui ose dévoiler l'objet de leur visite :

- *Tu sais mon frère qu'Abdellah est encore célibataire malgré sa bonne situation. Toi, as-tu pensé à marier ta fille ?*

Pour le père de Zineb, tout bon croyant qu'il est, cette question n'est pas un signe du destin.

Sa fille est trop jeune pour ce mariage et il répond avec ménagement :

- **Ayetma Amokrane** (Mon grand frère), *Zineb est encore au lycée ; laisse-la passer le BAC.*

Les invités repartent sans avoir de réponse plus précise.

Zineb, quant à elle, réagit sèchement :

- *Ce vieux ne m'a rien demandé à moi ! Qu'il me demande et ce sera non !*

Chapitre 7

Pour l'année scolaire 2009-2010, Youcef a rejoint sa sœur au lycée. Ce n'est plus le petit garçon à qui il fallait tout faire. Il est même débrouillard et, lorsque Zineb souhaite aller en fourgon à Cherchell ou à Tipaza, il se propose pour l'accompagner. Ainsi son père accepte plus facilement leurs escapades.

À Tipaza, Zineb aime fréquenter la nouvelle bibliothèque de lecture publique. Là, elle a accès à Internet : quelle joie de découvrir une foultitude de contrées, de peuples, de modes de vie, de civilisations anciennes.

Leur mère aurait aimé avoir une vie moins casanière : pas facile de se déplacer sans voiture avec 4 enfants ! Si bien qu'elle a convaincu son mari de laisser plus de liberté à Zineb :
- *Pourquoi veux-tu tracer son chemin ? Contentons-nous de l'accompagner sur le chemin qu'elle aura choisi.*
Beaucoup de jeunes filles algériennes font des études supérieures et ont un meilleur avenir que les garçons...

Le père doit prouver sa bonne volonté. Il propose que, pour le mois de juillet, leur fille Zineb travaille avec son frère Youcef dans un restaurant à Cherchell. Et il fait lui-même les démarches d'embauche au *Restaurant Césarée* et de logement chez une vieille, au fond d'une ruelle tranquille même en été alors que la ville grouille de vacanciers.

Le travail n'est guère gratifiant mais ils s'entraident. Heureusement car Youcef a tout à apprendre : comment mettre le couvert, comment pétrir une pâte, comment éplucher les légumes, comment passer la serpillière...

Chapitre 8

Au restaurant, il y a de nombreux clients car les fêtes se succèdent : Fête de l'Indépendance, fêtes de mariages, fête pour l'inauguration de la fontaine romaine après sa rénovation par l'archéologue Abdelkader Bensalah.

Et ce soir, c'est le grand jour : la télévision Canal-Algérie est venue ; la place est sous les projecteurs et les jets d'eau de la fontaine illuminée s'élèvent.

La présentatrice invite le spécialiste des monuments historiques à présenter son travail :

- Savez-vous, Mesdames et Messieurs, que Cherchell est la plus ancienne ville d'Algérie.
Elle était alors un comptoir carthaginois et s'appelait IOL.

Mais si elle est connue, c'est grâce au Roi de Maurétanie Juba II qui y installa son trône en l'an 25 avant Jésus-Christ. Juba II avait suivi des études latines romaines et grecques.
En l'an moins 20, il se maria avec la fille de Cléopâtre et sous leur règne, la ville devint prospère. Des aqueducs y amenaient l'eau. De nombreux temples furent érigés. Un mur long de cinq kilomètres la protégeait ...

Je suis donc très heureux d'avoir dirigé la rénovation de la fontaine, même si celle-ci est une réplique construite par les Français à la fin du dix-neuvième siècle.
Un bel hommage aux Rois berbères Juba 1er, à son fils Juba II et sa femme Cléopâtre-Séléné, ainsi qu'à leur fils Plotémée.

Vous pouvez apprécier leur grande culture et leurs goûts artistiques en visitant le Musée voisin.

Chapitre 9

La soirée se prolonge par un repas offert par l'A.P.C. (Assemblée Populaire Communale ou Mairie).
Il a été cuisiné par le restaurant où travaillent Zineb et Youcef et ceux-ci sont fiers que les personnalités apprécient leurs préparations.

Ils veillent à ce que les tables soient toujours bien approvisionnées. Un orchestre joue de la musique andalouse. Les gens déambulent sur la place et dans le Musée exceptionnellement ouvert.

Zineb ramasse les gobelets vides abandonnés, ici et là, par les invités. La voilà dans la grande salle du Musée. Lorsqu'elle lève les yeux ... stupeur ! Un géant de pierre lui fait face. Elle est impressionnée par son aspect vivant et sa nudité.

Rien n'a été laissé à ses pieds. Elle le contourne rapidement et revient vers la porte d'entrée. Au passage, elle admire des têtes en hauteur et des statues contre le mur.

Mais pas le temps de s'attarder ; elle rejoint son patron pour la suite du service et la vaisselle...

Zineb a eu peur mais cela n'enlève rien à sa curiosité. Lors d'un jour de repos, elle décide de visiter le Musée. Cette fois, elle prend le temps de regarder et de lire les légendes qui décrivent les sculptures et les mosaïques.

Qui est donc ce géant qui l'a effrayée ?
Apollon : Dieu grec et romain de la beauté…
Dans une autre salle, elle admire :
Les Trois Grâces : Divinités de la beauté…

Chapitre 10

Avant le Ramadan, leur père vient les chercher et c'est tout naturellement à lui que le patron du restaurant remet ce que Zineb et Youcef ont gagné.

Il est agréablement surpris : ses deux grands ont bien travaillé !
De retour à la maison, leur mère leur demande leurs impressions. Youcef commence : *ça s'est bien passé mais les journées étaient longues.*
Zineb ajoute : *Youcef a travaillé autant qu'une femme !*

Sa mère saisit l'occasion :
- *Maintenant Youcef tu sauras m'aider ? Tu sais, Abdenour m'a bien aidée le mois dernier. Il a même réparé le grille-pain ! Maintenant il a démonté la machine à laver le linge qui est en panne et je voudrais bien qu'il la remette rapidement en service.*

Le père préfère passer à un autre sujet :
- *Qu'est-ce qui vous ferait plaisir pour la fête ?*
- *Un smartphone !* répond spontanément Zineb.
- *Moi aussi !* s'exclame Youcef.

Leur père pensait promenade… mais il admet que c'est leur argent et que, pour leur bonheur, il doit les laisser vivre dans leur temps.

Il tente sa chance :
- *Pour la fête, on ira à Alger ?*
- *Si c'est pour aller voir Abdellah, ne compte pas sur moi !* réplique Zineb.
- *Alors on ferait mieux de les prévenir...*
- *Je m'en charge ! Maman, as-tu son numéro ?*

Chapitre 11

Zineb attend un matin du mois de Ramadan pour appeler son cousin :

- *Bonjour El Hadj. Je suis ta petite cousine.*

- *Bonjour Zineb. Ça fait longtemps que je n'ai pas entendu ta voix.*

- *Tu t'attendais à quoi ?*

- *J'aime entendre ta voix. Tu es seule ?*

- *Oui pourquoi ?*

- *Pour te dire que je pense à toi, je rêve de toi.*

- *Et puis quoi encore ? T'es malade ?*

- *Je suis amoureux de toi… On va se marier après ton BAC.*

- *Alors là tu rêves vraiment ! Je ne ferai jamais, jamais, jamais ma vie avec toi. D'ailleurs, tu peux avertir tes parents qu'on ne viendra pas pour l'Aïd.*

- ***Kâfira*** (Incroyante ! Mécréante!), *tu ne respectes rien. En plus tu m'as réveillé pour me dire ça !*

- *Kâfir toi-même, tu dormais encore ?*

Tu dors, tu manges, tu pries ! Tu dors, tu manges, tu pries ! Tu dors, tu manges, tu pries… ; c'est ça la vie que tu veux m'offrir ?

- *Je dors et, dans mes rêves, tu es…*

Zineb ne veut pas entendre la suite : elle raccroche.

Et ce même jour, libérée de cette charge, Zineb annonce à ses parents qu'elle voudrait continuer ses études après le BAC. Et la chance lui sourit : un Centre Universitaire est en construction à Tipaza.

Chapitre 12

Le chantier prend du retard et Zineb doit passer une année dans une Cité Universitaire à Alger avant de revenir continuer ses études en Sciences Humaines à Tipaza. Elle n'a pas encore choisi : ce sera Archéologie ou Éducation.

En janvier 2012, un journal papier rapporte qu'un individu a saccagé les têtes millénaires de la fontaine romaine de Cherchell.

Zineb est outrée par l'acte de ce "malade mental" mais aussi par l'erreur du journaliste : les têtes originales sont dans le Musée de Cherchell. Les têtes actuelles datent de l'époque coloniale et cela fait deux ans qu'elles ont été restaurées !

Récemment, elle a aussi découvert qu'Internet n'est pas toujours fiable.

Tous les sites répètent que la mosquée Ar-Râhmane de Cherchell est l'ancienne **"Mosquée aux cent colonnes"**. Alors qu'elle a trouvé un document de 1841 où un voyageur écrit à propos de l'hôpital : *«Auparavant, une mosquée aux cent colonnes antiques de granit avec leurs magiques chapiteaux, sa cour ombragée d'orangers et son imposant portique...»*.

Et, d'après le plan de Cherchell, cet hôpital civil et militaire est devenu la Mosquée En-Nour.

Promis, elle fera connaître ces vérités.

Fin

À *savoir* :

La Maurétanie est un ancien royaume berbère d'Afrique du Nord. La ville de Cherchell s'appelait alors **Cesarea**. Son phare mesurait 36 mètres (10 de plus que le phare actuel !). Les arbres de la place sont des Belombras, originaires d'Amazonie. La fontaine est classée au Patrimoine National Algérien depuis 1968. Le Musée construit en 1908 abrite notamment la statue d'Apollon découverte en 1910.

La **"Mosquée aux cent colonnes"** fut construite au 16e siècle avec des piliers des Thermes antiques. Les Français en firent un hôpital qui fut abandonné à l'Indépendance avant de redevenir la Mosquée En-Nour dans les années 1980.

Le Mausolée royal de Tipaza mesure environ 61 mètres de diamètre et 32 mètres de haut.

Ali de Beni-Yenni

(Algérie)

Une histoire presque vraie
(4)

Ali n'a que 9 ans au début de la Guerre d'Algérie. Ses parents habitent Beni-Yenni (un groupe de villages réputés de Kabylie). *Vont-ils réussir à le protéger du malheur et à lui assurer un avenir ?*

Instituteur dans cette école ?

Passionné par la lecture de récits de vie, **Gérard LAMBERT**, a toujours essayé de comprendre l'Histoire à la lumière des histoires personnelles.

Chapitre 1

- **Hepou** (Grand-Mère) *j'ai peur !*

Un coup de feu vient de briser le silence de la nuit. Nous sommes fin février 1957 dans le village de Taourirt-Mimoun. Ali est couché sur une natte auprès de sa grand-mère Sadia dans la soupente. Celle-ci le rassure en fredonnant :

Mmi d'elğuheṛ ɣlayen.
(Mon fils est une perle précieuse.)
Ô poutre du faîtage,
Protège-moi des envieux...

Ali se cache sous la lourde couverture, ressent la chaleur des animaux qui sont dans la partie basse et se rendort.

Le lendemain, son père Mohand explique à la vieille que c'est le voisin qui a tiré en l'air. Ce voisin était volontaire pour représenter le village à la cérémonie d'accueil du Sous-Préfet à Fort-National le 1er mars.

Les **fellaghas** (rebelles) sont venus chez lui et ont voulu l'en empêcher. Il a tiré en l'air pour alerter les militaires qui sont dans la caserne de l'école Verdy. Les rebelles sont repartis au maquis avant l'arrivée des soldats. Malgré ça, le voisin a préféré demander la protection des Français et il est parti avec eux.

Une belle journée s'annonce. Ali accompagne son père dans les champs : il surveille les moutons pendant que Mohand plante, ça et là, dans la partie labourée, des rameaux de lauriers-roses afin de détruire les **maras** (vers blancs).

Chapitre 2

Au printemps, le travail de berger n'est pas difficile car l'herbe est abondante.

Ali doit surveiller la vache et les moutons pour les empêcher d'aller dans le champ d'orge.

Les animaux ne doivent pas, non plus, souiller **Assas**, le rocher aux esprits protecteurs.

Il repense au coup de feu entendu la nuit. Cela fait deux ans que les fellaghas ont commencé la guerre contre les Français. Une nuit, ils ont même tué un gendarme devant l'école des Pères.

Les Français ont fait venir beaucoup de militaires qui patrouillent dans les villages et qui contrôlent tous les habitants. Ils cherchent surtout des armes.

Mais les fellaghas n'ont pas beaucoup d'armes. Par contre, l'armée française a des fusils-mitrailleurs et des hélicoptères.

Les fellaghas organisent des embuscades et des sabotages. Un jour, ils ont cassé les canalisations de l'usine électrique, une usine installée dès 1948 !

Alors un chef de l'armée a réuni tous les habitants de Taourirt-Mimoun et il a fait ce discours : "*Ô hommes de Beni-Yenni, la France a beaucoup fait pour vous : écoles, eau courante, électricité, lignes de bus… La France a fait ici plus que dans les Cévennes ! … Vive la France !*"

Puis, il nous a demandé de rembourser les dégâts ; sinon il mettrait tous les hommes en prison. Ceux-ci ont payé : ils avaient très peur que les soldats (surtout les Sénégalais) viennent dans nos maisons.

Chapitre 3

À l'école des Pères-Blancs d'Aït-Larbâa, la discipline est stricte. Il est même interdit de parler kabyle pendant la récréation.

Mais les cours sont intéressants. C'est là que Ali apprend la géographie de la France mais aussi de l'Algérie avec ses nouveaux départements dont celui de Tizi-Ouzou. Auparavant, sa commune était dans le département d'Alger.

Parmi les professeurs, il y a le père Genevois qui s'intéresse beaucoup à l'histoire de ces villages de Kabylie. Un nouveau directeur est arrivé récemment : le Père Doublet. Il a remplacé le Père Henri qui a dû prendre la direction du Centre de Taguemount-Azouz, après le renvoi du Père Martz par le Capitaine Oudinot, responsable de la S.A.S. (Section Administrative Spécialisée).

On raconte que le Père Martz a caché un jeune fellagha qui a tué un soldat de deux balles dans le dos.
Et l'armée française a les pleins pouvoirs !

Ali n'aime pas les militaires français. On lui a tellement répété de ne rien raconter : surtout ne pas parler des invités qui viennent chercher des provisions la nuit. Des invités qui ne veulent plus de chiens dans les villages ! Des invités que les familles renseignent en étendant du linge à sécher sur tel ou tel buisson !

Ali n'aime pas les militaires français. On lui a dit de ne surtout pas s'approcher des Algériens et des Africains qui sont avec eux car ce sont les plus méchants !

Chapitre 4

L'hiver est revenu. C'est la saison morte dans les villages kabyles. Le temps reste souvent couvert ; si bien que la grand-mère de Ali (qui est poétesse) parle de **Elyali thimellaline** (Nuit blanche) pour la journée et de **Elyali thiberkanine** (Nuit noire) pour la nuit.

Lorsqu'il pleut ou qu'il neige, hommes et bêtes restent dans la maison sauf par nécessité.

Chacun patiente : les femmes tissent ; les hommes réparent leurs outils ou sculptent des objets en bois ; les enfants font cuire des glands doux sur les braises.

Ferroudja, la maman de Ali fait souvent du beurre : elle trait la vache, elle laisse le lait reposer toute une nuit. Le lendemain, elle récupère la crème à la surface du lait et elle la met dans une calebasse suspendue à la charpente.

La suite, c'est un tour de magie que les petites sœurs de Ali ne manquent jamais.

Ferroudja balance la calebasse d'un mouvement régulier et se donne du courage en chantant.

Et du courage, il lui en faut pour nourrir sa famille et éduquer ses enfants. Alors elle confie ses inquiétudes à la baratte :

Es-sendu, que la paix revienne en Algérie !

Es-sendu, que les récoltes soient abondantes !

Es-sendu, que le prochain soit un garçon ! Es-sendu…

Chapitre 5

Les bijoux de Beni-Yenni sont très réputés et leur commerce va bon train malgré la guerre. Traditionnellement, c'étaient des biens de famille qui se transmettaient de mères en filles.

Maintenant, ils sont recherchés par les touristes, et par les conservateurs des musées.

Peut-on dire que les Appelés du contingent sont des touristes ? Non la population ne les voit pas comme ça. Pourtant la plupart d'entre eux n'ont qu'une hâte : la quille ! Le retour en France avec un souvenir.

Selon leurs moyens c'est une broche, une bague, un bracelet de cheville, un collier ou une parure sertie d'émaux et de coraux. Certains les achètent au village chez l'artisan-bijoutier ; d'autres en trouvent à Alger. Le père du cousin Hamid y a lui-même une boutique renommée : *Au Musée de Bagdad.*

Un jour de 1959, une délégation du Musée du Bardo vient jusqu'au village à la recherche de pièces anciennes. Les bijoutiers qu'ils visitent ne disent rien des transactions mais le conservateur du musée (Lionel BALOT) expose bientôt une riche collection de bijoux berbères (Kabylie, Aurès…).

Malgré cela, la vie est de plus en plus difficile : il n'y a plus le droit d'exploiter les champs éloignés ; les familles sont obligées d'aller aux distributions de vivres organisées par la S.A.S. Avec un peu de semoule, il faut préparer à manger pour toute la maisonnée, et parfois aussi pour les **moudjahidines** (les combattants). Alors c'est souvent du couscous aux herbes.

Chapitre 6

L'école a repris malgré la guerre. Ali profite des récréations pour jouer au foot. Lors de la constitution des équipes, son cousin Hamid est souvent choisi parmi les premiers car c'est un bon attaquant et, lui, Ali parmi les derniers ! Alors il se retrouve souvent goal. Parfois avec Hamid ; parfois contre lui.

Lorsque les jeux de ballons sont interdits, son cousin sort sa flûte et les admirateurs font cercle. Hamid aime jouer l'air que chante leur grand-mère Sadia : "***Mmi d'elğuheṛ ɣlayen.***" (Mon fils est une perle précieuse.).

Il reprend aussi **Maison blanche d**e Cheikh EL HASNAOUI :

El djazaïr thet'hewel	L'Algérie est dans tous ses états.
M'kulwa zman-is i3ewel	Une valise à la main chacun paraît décidé :
Qbala ur isewel	Droit devant, sans se poser de questions
Ar la maison blanche	vers la maison blanche
Ar la maison blanche	vers la maison blanche.

Et **Afrux Ifirelles** de Slimane AZEM

Ay afrux ifirelles,	Va, ô oiseau hirondelle
akk-ceggεey awid ttbut,	Renseigne-moi, à tire-d'ailes
εelli di tegnaw ɣewwes,	Monte et plane dans le ciel
awiyid lexber n-tmurt.	Du pays, apporte des nouvelles.

Mais il sait aussi assembler les notes pour tirer de sa flûte des airs nouveaux.

Des matchs de foot sont parfois organisés contre les internes à la sortie des classes. Les internes aiment beaucoup leur surveillant Ameur Lardjane. Ce grand jeune homme leur a raconté que son père et sa mère *(qui était française)* ont été tués par les fellaghas dans leur village Imzoughène. Les militaires ont alors interdit ce village et ses habitants sont venus vivre chez leurs lointains cousins d'Agouni-Ahmed. Finalement, l'armée a regroupé tous les habitants dans les villages du centre de Beni-Yenni.

Chapitre 7

Tout le monde espère que la fin de la guerre c'est pour bientôt. Les Français parlent des Algériens qui se rendent et les Algériens parlent des Français qui ne savent plus quoi faire. À Beni-Yenni, les villageois parlent surtout d'Ahmed Boumendjel que le père de Hamid dit avoir vu à la télévision à Alger.

Il était à Évian avec Krim Belkacem et d'autres délégués du F.L.N. (Front de Libération Nationale). Ils sont venus en hélicoptère pour rencontrer Pierre Joxe (le représentant du général De Gaulle, alors Président de la République Française). Ils discutaient du cessez-le-feu, de ce que vont devenir les Français qui sont en Algérie et les Algériens qui sont en France et encore du Sahara avec ses puits de pétrole.

Comme ses amis, Ali espère vraiment que les Algériens auront leur pays à eux et que les Français qui veulent rester y travailler pourront y vivre.

Les villageois ont confiance en Boumendjel, l'enfant du pays né avant la guerre 1914-1918, devenu avocat et conseiller de l'Union Française puis du G.P.R.A. (Gouvernement Provisoire de la République Algérienne).

Pourtant il ne leur cache pas la vérité :
« Il serait erroné de croire que la guerre d'Algérie est finie parce que des négociations commencent. D'autres sacrifices seront nécessaires, avec le concours des Pays arabes, avant d'obtenir la victoire totale.»

Malgré la guerre, les affaires marchent pour certains : Saïd Ben Kaci a ouvert, au village d'Aït-Larbâa, un gros commerce de céréales, semoule, légumes secs, paille...

Chapitre 8

En été 1961, Ali passe avec succès le Brevet des collèges à Tizi-Ouzou.

De suite, le Père Doublet lui propose la place de surveillant des internes en lui expliquant qu'il devra remplacer Ameur Lardjane parti vivre en France.

Ali n'est pas étonné par ce départ car Ameur ne se cachait pas pour fumer et fumer est interdit par le F.L.N.

Va-t-il retrouver quelqu'un de la famille de sa mère ? Ou bien va-t-il vivre là-bas avec la nostalgie de sa jeunesse passée au cœur de la nature de Kabylie ?

Le lundi 19 mars 1962, c'est l'effervescence dans toutes les ruelles des villages. Ceux qui ont la chance d'avoir un poste de radio ont entendu l'annonce du cessez-le-feu pour midi. Et le discours de Benkhedda est répété et répété encore :

PEUPLE ALGÉRIEN !!!
Après plusieurs mois de négociations difficiles et laborieuses, un accord spécial vient d'être conclu à la conférence d'Évian entre la délégation algérienne et la délégation française. C'est là une grande victoire du peuple algérien dont le droit à l'indépendance vient enfin d'être garanti.
En conséquence, au nom du Gouvernement Provisoire de la République Algérienne, mandaté par le Conseil National de la Révolution Algérienne, je proclame le cessez-le-feu sur tout le territoire algérien à partir du lundi 19 mars 1962 à douze heures. J'ordonne, au nom du Gouvernement Provisoire de la République Algérienne, à toutes les forces combattantes de l'Armée de Libération Nationale, l'arrêt des opérations militaires et des actions armées sur l'ensemble du territoire algérien.

Chapitre 9

Quelques semaines plus tard, un vote est organisé et, pour la première fois, tous les habitants, les hommes et aussi les femmes de l'Algérie, peuvent voter. La question est longue :

« Voulez vous que l'Algérie devienne un État indépendant coopérant avec la France dans les conditions définies par les déclarations du 19 mars 1962 ?»

mais la réponse est courte : un bulletin beige pour OUI ; un bulletin rouge pour NON.
Qui aurait l'idée de mettre un bulletin rouge dans l'enveloppe ?

Le 3 juillet, l'Algérie obtient son indépendance avec plus de 99 % de OUI.

Le jour même, c'est la fête à Taourirt-Mimoun : les cortèges sillonnent les rues en chantant ; les enfants reçoivent des friandises ; les moudjahidines organisent le lever du drapeau vert et rouge à la mairie. L'un d'eux prend la parole :

« Fini le temps de la guerre !
Fini le temps de la misère !
Fini le temps de la famine !

Notre pays est riche de ses récoltes, riche de ses troupeaux, riche de son pétrole. Nous allons retrouver nos champs, nos oliviers et nos figuiers. Les figuiers que les troupes françaises avaient pris plaisir à détruire en 1857 !
Nous avons déjà retrouvé notre dignité. Gloire à nos martyrs ! Vive l'Algérie indépendante !»

Chapitre 10

Fier de ses dix-sept ans, Ali trouve facilement un poste d'enseignant pour la rentrée scolaire 1962.

L'Académie lui a donné un poste à Djemâa-Saharidj (un village à une cinquantaine de kilomètres de Beni-Yenni). Pas de route directe : il doit trouver une voiture pour Tizi-Ouzou puis une autre pour Djemâa-Saharidj par une route bordée d'eucalyptus. Ali est agréablement surpris par le grand nombre de fontaines et d'arbres fruitiers.

Le directeur de l'école Monsieur Picard est un Français, instituteur en Kabylie depuis sept ans. Il vit là en famille. Sa classe est celle du certificat d'études. Il confie à Ali une classe élémentaire. Les enfants sont nombreux mais l'école est bien pourvue en livres : on utilise *L'ami fidèle, Livre unique de Français* écrit par Feraoun, Groisard et Combelles.

Quel plaisir d'y trouver une histoire de l'amitié entre Fouroulou le timide et Akli l'espiègle ; Akli qui, chaque matin, accompagnait son ami à l'école. Fouroulou qui apprenait par crainte et par amour-propre avant que l'intérêt ne remplace la crainte.

Les élèves de Ali viennent chaque jour à l'école sans crainte sauf un jour particulier : le jour de la vaccination faite par un jeune médecin bulgare en poste à Mekla.

Mais ils se donnent du courage en chantant *" Min Djibalina "*.

De nos montagnes est venu le chant de la liberté.
...
Nous sommes les fils d'Algérie, peuple résolu et confiant.

C'est aussi le moment où l'Algérie indépendante prend le nom de République démocratique et populaire d'Algérie. C'est Ben Bella, le Président du F.L.N., qui devient Président du Conseil des Ministres.

Ali se demande si cette république sera vraiment démocratique car beaucoup de ministres sont des militaires et en premier Houari Boumediene, Ministre de la Défense. Pourvu que celui-ci mette fin aux règlements de compte contre les **harkis** (ceux qui sont soupçonnés d'avoir aidé les Français).

Mais le plus important c'est de travailler ensemble au développement du pays. Beaucoup de Français ont quitté l'Algérie. Il faut les remplacer rapidement pour le fonctionnement des écoles, des transports, de la poste... Des émigrés sont revenus de France : certains restent ; d'autres repartent. *(Eux seuls savent pourquoi !)*

Ali a choisi l'enseignement. Son cousin Hamid est parti à Alger pour y faire des études de géologie, un domaine très utile pour bien exploiter les gisements de gaz et de pétrole.

L'année passe comme un enchantement dans sa classe, dans son logement à l'étage ou en promenade au *Rocher des corbeaux* qui surplombe le village. Là, il lit et relit **La Colline Oubliée,** le roman de Mouloud Mammeri.

Et il se demande si certains villages d'Algérie ne vont pas être oubliés eux aussi. Dans ce pays nouveau, y aura-t-il partout l'électricité, l'eau courante, le tout à l'égout, le téléphone ?

Chapitre 12

À la rentrée d'octobre 1963, Ali doit retrouver son poste d'instituteur.

L'Algérie adopte sa première Constitution le 8 septembre :
Article 1er - L'Algérie est une République Démocratique et Populaire. Elle est une et indivisible.
Article 2 - L'Islam est la religion de l'État.
Article 3 - L'Arabe est la langue nationale et officielle.

Ce n'est pas le choix de société dont Ali et ses amis ont rêvé. Comme eux, Ali veut bien que l'islam soit la religion de l'État. S'ils ne sont pas obligés de pratiquer ! Ils comprennent moins que la langue nationale et officielle soit l'arabe. Pourquoi ignorer le kabyle (leur langue maternelle) et le français (leur butin de guerre selon l'écrivain Yacine Kateb) ? Et surtout, ils n'acceptent pas qu'il y ait un seul parti politique : le F.L.N. En cela ils rejoignent Hocine Aït-Ahmed qui a créé le F.F.S. (Front des Forces Socialistes). Celui-ci mobilise les opposants et il réussit même à prononcer un discours à la télévision :

« *La résistance a commencé, c'est la résistance populaire, c'est la résistance individuelle... Ce qui nous importe, ce n'est pas de défendre des bâtiments, mais de faire en sorte que les troupes de Boumediene qui se comportent en troupes d'occupation n'aient aucun répit...*»

Fin septembre, Ali retrouve Monsieur Picard, le directeur. Ensemble et avec leurs collègues français et algériens, ils préparent les registres et les fournitures scolaires. Les élèves sont encore plus nombreux que l'année précédente mais la plupart ont déjà de bonnes habitudes : propreté, silence, attention, respect, assiduité, courage et honnêteté. À ce propos, Ali a le sentiment que le Président Ben Bella est malhonnête surtout lorsqu'il demande aux femmes de donner leurs bijoux pour l'Algérie nouvelle. Ali espère vraiment que l'Algérie deviendra (grâce à lui et à ses amis et, plus tard, à ses élèves) une vraie république démocratique.

Fin

À savoir :

Histoire écrite après le décès du chanteur Idir (Hamid Cheriet) le 2 mai 2020.

Bibliographie :

Mouloud Mammeri (1952) : *La colline oubliée.*

Mouloud Feraoun avec Louis Groisard et Henri Combelles (1960 à 1963) : *L'ami fidèle.* (CE1-CE2-CM1-CM2) Livre unique de français.

Père Henri Genevois (1971) : *At-Yanni.* Éléments historiques et folkloriques pour servir à l'étude d'un secteur de Kabylie.

Père Jacques Doublet et Saïd Abouadaou (1972) : *Apologues kabyles.* Parler des At-Fraoucen.

Maxime Picard (2006) : *Chez moi, en Kabylie.* (Djemâa-Saharidj, 1955-1966 ; Tizi-Ouzou, 1966-1968)

Capitaine Georges Oudinot (2007) : *Un béret rouge, en képi bleu.* : Mission en Kabylie, 1956-1961. Carnet d'un chef de SAS, Beni-Douala.

Max Drider (2013) : *La SAS de Beni-Douala.*

Remerciements à mes Ami(e)s en France, en Algérie et sur le Net pour leurs conseils avisés notamment à Mohamed Tabèche et son Site : http://djurdjura.over-blog.net/

Clin d'œil : Le Ministre des la Jeunesse et des Sports du 1er Gouvernement Ben Bella en 1963 était Abdelaziz Bouteflika, le même qui devint Président en 1999 et qui fut obligé de démissionner le 2 avril 2019 !

Nadia de Tizi-Ouzou

(Algérie)

Une histoire presque vraie
(5)

Nadia, jeune fille de Aïn el Hammam (Tizi-Ouzou ; Algérie) vient de passer les épreuves du BAC 1968.

Elle a beaucoup d'admiration pour son père, un maçon émigré en France, et envisage un avenir dans les métiers du bâtiment.

Est-ce possible pour une fille dans la jeune Algérie ?

Du même nom que le peintre en bâtiment de Tizi-Ouzou, **Gérard LAMBERT** a arpenté la ville de long en large et a visité une grande partie des villages entre Tizi et Alger, Tizi et Bouira, Tizi et Béjaïa.

Chapitre 1

Aujourd'hui est un grand jour.

Monsieur Mélikèche est allé à la Poste de Aïn-el-Hammam (Michelet) car il attend les résultats du baccalauréat pour sa fille Nadia.

Un éphéméride affiche 1968 et le jour : mercredi 10 juillet.

Il est le premier à l'ouverture du guichet. Le receveur a bien reçu une lettre au nom de sa fille. L'envie est grande de l'ouvrir mais c'est l'affaire de sa fille, sa fille unique qui attend son retour avec sa mère et sa grand-mère.

Quelques minutes plus tard, Monsieur Mélikèche arrive à Aït-Aïssa, le hameau familial.
Nadia s'empare d'un couteau et ouvre l'enveloppe.

- Je l'ai !

Reçue ! Elle est reçue !

Elle se jette dans les bras de son père, embrasse sa grand-mère et sa mère.

Elle regarde plus attentivement ses notes : 14,2 de moyenne générale. Parfait : il lui fallait 13,5 pour s'inscrire à l'école des Beaux-Arts.

Chapitre 2

Son père se rend compte du chemin parcouru. Lui qui n'a qu'un C.A.P. de maçon.

Il propose à sa fille de passer la journée à Tizi-Ouzou. Quelques minutes dans la salle d'eau construite par son père et la voilà prête !

L'autobus affiche les nouveaux noms : Laârbaa-Nath-Iraten, Irhalen, Tizi-Ouzou mais le chauffeur claironne : *Fort-National, Moulin-Leblanc, Tizi-Ouzou !*

En ville, ils vont jusqu'à son collège Rue du Belloua pour scruter la liste de ses amies reçues : la plupart ont réussi.

Puis, sous le soleil de midi, ils descendent vers la Grande Rue.

Ils sont au carrefour avec la Rue Gambetta lorsque son père lui propose un rafraîchissement.

Il a repéré un petit café sans étage avec un toit, presque plat, couvert de tuiles plates.

Le store-banne ombre la façade du CAFÉ L'ENDROIT et, à l'intérieur, la lumière réfléchie par le marbre du sol caresse le plafond en stuc.

Nadia trouve cela très joli et tellement différent des décorations traditionnelles kabyles faites sur les poteries mais aussi les murs intérieurs des maisons.

Chapitre 3

Nadia n'a que 18 ans lorsqu'elle rentre comme interne à l'École des Beaux-Arts à Alger.

L'établissement est situé dans un parc tout en haut de la Rue Didouche Mourad.

C'est un bâtiment moderne construit en 1954 avec des salles très hautes.

Elle y fait connaissance de camarades (garçons et filles) qui viennent des 15 **Wilayas** d'Algérie (les Départements). Les élèves ne sont pas assez nombreux pour que les 676 Communes soient représentées !

Il y en a de très sages mais aussi des contestataires dont un certain Mahmoud que tout le monde appelle *Zorba*.

Nadia se satisfait des règles de l'internat.

Elle apprécie les qualités pédagogiques de ses professeurs qu'ils soient algériens ou étrangers.

Elle a le goût du travail et ne ménage pas ses efforts pour apprendre le vocabulaire spécifique à la construction, les époques et les styles, les matériaux avec leurs particularités et encore les techniques de mise en œuvre et le droit relatif à l'urbanisme...

Chapitre 4

Les grandes vacances approchent quand Nadia reçoit une lettre de Grenoble :

Chère fille

J'espère que ma lettre te trouvera en bonne santé. Moi ça va ! Je ne viendrai pas en Kabylie cet été : l'année dernière le chantier a pris du retard à cause des grèves qui ont paralysé tout le pays.

Alors nous devrons travailler en juillet et août pour respecter les délais.

Le projet du quartier L'Arlequin est gigantesque : plus de 1000 logements, des équipements, des commerces reliés par des routes pour les piétons et d'autres pour les voitures.

Les immeubles suivent une ligne qui serpente encore à travers champs et, comme ils ne sont pas tous de la même hauteur, on dirait une grande vague dans la campagne.

Chapitre 5

Nadia a suivi avec bonheur sa première année à l'École des Beaux-Arts.

Elle a commencé sa deuxième année lorsqu'en décembre 1969 de violentes précipitations s'abattent sur la Kabylie.

Les conséquences sont désastreuses.
La presse titre :
Intempéries : Immeubles menacés !

À la lecture de l'article, elle comprend que la zone du marché de Aïn-el-Hammam (son village) est fragilisée et que les immeubles de trois étages qui viennent d'être livrés aux commerçants et aux habitants reposent sur des fondations instables.

Toutes les études de terrain ont-elles été faites ?
Toutes les précautions ont-elles été prises ?
Nadia en doute…

Chapitre 6

En mai 1970, l'École des Beaux-Arts est en pleine restructuration.

À la rentrée, il y aura une nouvelle École pour les élèves en architecture.

Si bien que Nadia part en Kabylie pour de longues vacances.

La météo est splendide et c'est le temps de la cueillette des cerises.

La famille a gardé un lopin de terre au fond d'un vallon au nord du village.

Le premier matin où Nadia sort de sa chambre vêtue d'un pantalon c'est une grande surprise pour sa grand-mère qui a toujours porté des robes kabyles !

Le cœur léger, Nadia et sa mère descendent le sentier avec chacune deux paniers en osier.

Les cerises pendent le long des branches souples.

La récolte peut commencer : il faut veiller à ne prendre que les fruits bien mûrs et à ne pas détacher les queues.

Nadia remarque rapidement que les plus belles cerises sont en hauteur. Ce n'est pas un problème : elle grimpe à l'arbre. Le jean, c'était vraiment une bonne idée !

Sa mère adopte une autre stratégie : une branche coupée lui sert de crochet pour attirer les rameaux qui ne sont pas à portée de main.

Chapitre 7

Lorsque le père arrive de France, il trouve une jeune fille épanouie et réfléchie. La récolte des cerises a duré quelques jours et a bien rapporté car elle a été vendue à un négociant de Tizi-Ouzou qui venait quotidiennement chercher ces "**hab el moulouk**" (fruits des rois).

Nadia sait qu'elle aura des frais personnels. Pour ses études, le Président Boumediene est plutôt généreux envers les étudiants logés en résidence universitaire.

D'ailleurs elle irait bien à Tizi-Ouzou pour acheter quelques vêtements. Et, naturellement, c'est son père qu'elle invite à l'accompagner. Ils ont tant à se dire :
En France, les premières familles (des dizaines !) ont aménagé dans des immeubles que son père a construits.

En Algérie, une jeune fille a été diplômée Architecte : Nassira BELKACEM, première femme architecte algérienne !

Et comme loisirs ?
Elle à Alger, elle a vu le film **Z**, un film franco-algérien qui a été tourné dans sa ville et qui dénonce un complot manigancé par une dictature militaire.

Lui à Grenoble, il est monté à pied jusqu'au Fort de la Bastille : là-haut, une vue sur la ville et les montagnes mais aussi un réseau de fortifications reliées les unes aux autres par des escaliers et des galeries.

Chapitre 8

À la rentrée universitaire de 1970, Nadia intègre l'ÉPAU (École Polytechnique d'Architecture et d'Urbanisme).

C'est un ensemble de bâtiments flambant neufs de l'Architecte brésilien Oscar Niemeyer.

Elle fait part de ses choix à son père dans sa lettre :

Cher papa,

À la rentrée, on m'a proposé : Beaux-Arts (peinture, sculpture, décoration, perspective, histoire de l'art, anatomie) ou Arts appliqués (miniature, enluminure, peinture sur bois, céramique, reliure, calligraphie, mosaïque) ou Architecture.

J'ai choisi Architecture. Et pour cette raison, je suis maintenant à El Harrach.
L'école vient d'être construite avec, à côté, une résidence universitaire. C'est plus rapide pour aller en Kabylie mais je reste souvent à la Cité pour revoir mes cours, lire, et réfléchir à mon sujet de recherche.

J'ai emprunté à la bibliothèque le livre **"Album de pierre, plâtre et bois sculpté."** *publié en 1909 par Georges Marçais. Il contient quelques photos et de nombreux croquis.*

Et comme je n'ai trouvé que de rares publications sur le plâtre sculpté, c'est sans doute son étude que je vais entreprendre.

Chapitre 9

En retour, elle reçoit une lettre de Grenoble datée du 7 mars 1971 :

Chère Nadia,
Je profite de ce dimanche pour répondre à ta lettre. Le rythme sur le chantier ne faiblit pas. Et le patron m'a nommé chef d'équipe. Je suis moins fatigué mais mon esprit reste concentré sur l'organisation du travail toute la semaine et souvent le week-end.

Tu m'annonces ton choix de préparer le diplôme d'Architecte. Je suis content car je pense que notre pays a besoin des jeunes Algériens et des jeunes Algériennes pour la construction de logements, d'écoles et d'hôpitaux.

Les Français parlent beaucoup de l'Algérie car notre Président a décidé de nationaliser notre pétrole et notre gaz. Je pense qu'il a raison car il y a encore beaucoup de familles nombreuses et donc beaucoup d'enfants à scolariser et cela nous coûte cher.

Ici, les immeubles d'habitation sont tous sortis de terre. C'est au tour des plombiers, des électriciens, des menuisiers, des peintres d'intervenir. Nous construisons maintenant le Centre Social.

Je m'imagine un jour en train de construire un bâtiment et c'est toi qui auras fait les plans !

Travaille bien !

Chapitre 10

Les recherches que Nadia a effectuées à Alger n'ont pas donné grand-chose. Elle décide de profiter de son retour pour les vacances à Michelet pour questionner le cafetier de **L'Endroit**. Lui il a fait rénover le décor en stuc par un peintre qui a sa boutique Rue de la Paix.

Nadia s'engage donc Rue de la Paix en observant les devantures... Mais pas de boutique de peintre en bâtiment. Elle revient sur ses pas et continue à chercher sans plus de résultats. Se serait-on moqué d'elle ?

Le cafetier comprend la raison de sa déconvenue :

Au-delà de la rue Abane Ramdane (la Grande Rue), la Rue de la Paix s'appelle maintenant Rue Mohamed Douar. Le magasin de papiers peints est en haut à gauche...

Voici donc Nadia dévalant la Rue de la Paix, traversant l'avenue et remontant l'autre partie de la Rue de la Paix vers la Préfecture.

Voici la boutique **Peinture et Vitrerie - Papier peints.** C'est la femme de l'artisan qui reçoit Nadia et répond à ses questions. C'est leur ouvrier Ahmed qui a rénové le stuc du café **L'Endroit** ; c'est d'ailleurs le seul à savoir le faire. Il est justement dans l'arrière-boutique.

Il explique : *j'ai longtemps travaillé chez Monsieur LAMBERT, l'ancien patron et ce café L'Endroit appartenait à l'ancien Mufti de Tizi-Ouzou. Il habitait dans la même rue et il nous avait demandé une décoration exceptionnelle, mieux que celle du Café Maure de la Rue de la Paix. Le travail avait duré des semaines…*

Chapitre 11

L'année suivante Nadia souhaite découvrir Sédrata.
Son père n'a guère voyagé en Algérie.
Verrait-elle un inconvénient à ce qu'il vienne avec elle ? Non bien au contraire !

Père et fille prennent l'avion pour le trajet Alger-Ouargla. Nadia se souviendra de ce baptême de l'air car l'atterrissage est perturbé par une tempête de sable. Et c'est ce jour-là qu'elle apprend le mot "turbulences".

Ils ont réservé une chambre à l'Hôtel Trans-Atlantique, un long bâtiment en **pisé** (terre tassée entre des banches) avec des tours carrées surmontées, aux quatre coins, de pitons. Avec aussi, des portes en arc et de petites fenêtres.

Le lendemain, au musée, ils en apprennent un peu plus sur Sédrata : les fouilles anciennes avaient mis à jour les vestiges d'une mosquée à cinq nefs et de plusieurs maisons dont les murs étaient richement décorés de stucs. Mais ces vestiges ont été mis à l'abri des pilleurs d'antiquités dans les musées (Alger, Paris et Ouargla).

Il n'y a plus grand-chose à voir sur le site. Ils y vont quand même en taxi. Sur place, l'étendue est immense et sans repères !

Émergent çà et là, des pans de murs en plâtre sculpté. Mais le vent de sable en a effacé les motifs lentement mais sûrement depuis des siècles.

Chapitre 12

Le jour de la soutenance est arrivé !
Nadia présente sa thèse :
« *Le stuc dans l'architecture domestique.*»

Elle a mis à contribution Ahmed, l'ouvrier de Tizi-Ouzou qui lui a expliqué les matériaux utilisés (du plâtre mais aussi des adjuvants par exemple du marbre broyé).

L'homme du métier lui a montré d'autres décors en plâtre sculpté dans des maisons anciennes de Tizi-Ouzou et il l'a mise en relation avec un artisan de Zéralda spécialiste de cet art dans la capitale.

Le jury valide son travail.

Et tout est bien qui finit bien. Ou plutôt, tout est bien qui commence bien car *« L'Algérie est à construire.»* comme le lui fait remarquer le Directeur de l'école lors de la cérémonie de remise des diplômes.

Elle n'est pas la seule diplômée mais tous les autres sont des garçons et c'est elle que le Directeur félicite du haut de son estrade.

« L'Algérie est à construire.» c'est la phrase que son père retiendra, son père dont les yeux sont humides de larmes, des larmes de joie.

Fin

Cette histoire est inspirée de **Nadia Mékidèche** de Cassaigne (Sidi Ali – Djidjel – Algérie) diplômée Architecte en 1973.

Le Café **L'Endroit** de Tizi-Ouzou se situe Rue Gambetta qui a été rebaptisée Rue Chérif Oubouzar (du même nom que l'ancien Mufti).

M. **Lambert** peintre en bâtiment avait bien une boutique Rue de la Paix à Tizi-Ouzou avant l'indépendance de l'Algérie.

La ville antique de **Sédrata** (près de Ouargla) est connue pour ses stucs exposés à Alger (Musée National des Antiquités) et à Paris (Musée du Louvre).

Elle était, dit-on, aux 10ᵉ, 11ᵉ et 12ᵉ siècles la capitale de 125 villages dans la vallée de l'oued Mya. Leurs habitants berbères avaient adopté le culte ibâdite (ni sunnite, ni chiite) prôné par la dynastie rostémide qui régna sur *Tihert* (Tiaret) de 761 à 911.

Les gens du M'Zab y vont encore en pèlerinage.

Farid de Béjaïa

(Algérie)

Une histoire presque vraie
(6)

*Farid et son jeune frère **Akli** sont les deux garçons d'une famille modeste.*

Leur maison est isolée au sud par l'Oued Sahel (appelé plus loin La Soummam) *et au nord par les premières pentes du Tamgout de Lalla Khédidja* (le plus haut sommet de Kabylie).

Le cadre est enchanteur mais, depuis dix ans, les Algériens sont en guerre, en guerre contre eux-mêmes et on ne sait qui tue qui !

Gérard LAMBERT a toujours participé aux actions de l'Association Culturelle des Berbères de Bretagne.

Occasion pour lui de lier de nouvelles amitiés avec des étudiants et des travailleurs venus d'Afrique du Nord : un moyen de compenser l'impossibilité, puis la difficulté d'aller rendre visite à ses anciens élèves d'Algérie à cause du terrorisme.

Chapitre 1

La cigale ayant chanté tout l'été
Se trouva fort dépourvue
Quand la bise fut venue.
Elle alla crier famine
Chez la fourmi sa voisine.

(Jean de La Fontaine)

Les yeux d'Akli se promènent sur la leçon à apprendre. Mais rien ne rentre ; il y a des mots difficiles à lire et d'autres qu'il ne comprend pas.

Il faut dire qu'il n'est pas allé à l'école pendant toute l'année 1994-1995. C'était la grève des cartables décidée par les familles. L'école du village Assif Assemadh a même été fermée.

Et puis ses parents ne peuvent pas l'aider : ils ne parlent ni français ni arabe.

Akli continue de regarder le cahier mais il rêve :

Il rêve à son grand frère Farid qui est étudiant à Béjaïa.

Il rêve aux énormes **imchedallen** (fourmis rouges) qui ont leur fourmilière sur le talus en haut du champ d'oliviers.

Il rêve à l'**aghrum aquoran** (galette de semoule) que sa grande sœur est en train de faire cuire sur les braises du **kanoun** (foyer).

Il essaie de deviner ce qu'elle a trouvé pour l'accompagner ce soir : des oignons, du piment, du petit lait, du beurre, de la **tchatchouka** (ratatouille) ou simplement de l'huile d'olive ?

Chapitre 2

Farid se plaît en ville malgré les risques d'attentat. Il apprécie de s'y promener incognito et ne revient au village que rarement.

C'est ce qu'il fait quelques semaines plus tard. Le voyage est long : peu de transporteurs, route en mauvais état, nombreux barrages et, à chaque fois, la même inquiétude :

- Est-ce que ce sont de vrais gendarmes ?

Si bien qu'il fait presque nuit lorsque Farid arrive à la maison familiale.

La lueur d'une ampoule électrique le rassure.

Sa mère est en train d'aider Akli pour une grande toilette. En voyant son grand frère, le jeune garçon a bien envie d'échapper à sa mère qui le frictionne avec **el kessa** (une éponge végétale).

Elle le retient et le rince. Farid découvre alors, au cou de Akli, un collier. Un collier que sa mère évite de mouiller en le protégeant au creux de sa main.

*- **Yemma** (Maman), depuis quand Akli a-t-il ce talisman ?*

- Depuis que je l'ai emmené à Sidi Amar Chérif.

*- Yemma, je n'aime pas ça. Tu aurais dû l'emmener chez un **toubib** (médecin).*

*- La **toubiba** (femme-médecin) de Maillot est partie en France à cause des **terros** (terroristes) !*

Chapitre 3

Le surlendemain Farid fait le trajet inverse. Il emporte des produits du jardin. Surtout des grenades dans un sac ouvert : les chauffeurs et les gendarmes se servent largement.

À la Cité universitaire, il retrouve quelques compagnons de chambre assis ou allongés sur leur lit. Il faut dire qu'il y a très peu d'espace entre les lits superposés.

À peine arrivé, Farid partage avec eux les grenades qui lui restent. C'est un régal ; le restaurant universitaire ne propose jamais de fruits frais !

Un poste de radio fonctionne en continu dans la chambre mais les nouvelles sont rarement bonnes :

Le 7 novembre 1996 : une bombe a éclaté dans un chantier à Beni-Ouarsous près de Tlemcen lors de la visite d'une délégation officielle. Bilan : cinq morts dont le maire.

Le 12 du même mois : quatorze personnes, dont cinq femmes et trois enfants d'une même famille, sont assassinées au village de Bensalah (Blida) alors qu'une vingtaine de miliciens locaux étaient sur place.

On a pourtant entendu dire que Djamel Zitouni a été évincé du G.I.A. (Groupe Islamique Armé) le 14 juillet et qu'il aurait été tué quelques jours plus tard.

Le 28 novembre, une révision constitutionnelle obtient 85% de OUI pour une concentration des pouvoirs et un Islam religion d'État mais avec l'interdiction des partis religieux.

Chapitre 4

Cette fois encore, Farid est rentré sans prévenir sa famille. Ceux-ci sont cependant rassurés car eux aussi ont entendu parler des attentats. Même de celui qui a eu lieu à Paris et qui a fait quatre morts et un grand nombre de blessés dans le métro.

Chacun se demande que faire pour être en sécurité ? Et nombreux sont ceux qui consultent l'imam de M'Chedallah (Maillot). Cheikh Vouvkeur les écoute toujours avec bienveillance et les conseille judicieusement.

Néanmoins la peur est là : la famille se ferme sur elle-même et vit des légumes du jardin et des œufs de leurs poules.

Un soir, un jeune homme se présente à leur porte :
- *Je m'appelle Kader et mon grand-père est **Mohand ou Ali*** (Mohand, fils de Ali)*, Mohand, le frère de Ahmed. Est-ce qu'il est là ?*

On va chercher ***Si Ahmed*** (**Si** : marque de respect) et on le ramène dans son fauteuil roulant. En voyant le jeune homme, le vieux s'agite et questionne :
- *Mohand, tu es enfin revenu de France ?*
Et les Allemands, vous les avez battus ?

Le jeune homme ne sait comment réagir. Son grand-oncle vit cinquante ans en arrière. Il a cru reconnaître son frère Mohand parti faire la guerre en 1940.

Alors la famille essaie d'en savoir plus sur ce Kader. Il vit à Alger. Il a 25 ans. Il fait des études de médecine. Il cherche à se cacher car il a reçu une lettre anonyme. Mohamed (le père de famille) accepte : Kader partagera la chambre des garçons après le repas du soir.

Chapitre 5

Akli est fier d'accueillir ce "grand-cousin" dans sa chambre. Sa chambre : une pièce carrée, aux murs de briques de terre crue, au toit de cannisses de bambou, au sol de terre battue, avec, dans chaque coin, un lit de planches de bois. Ce que Akli apprécie, c'est l'ampoule qui chasse les affreux monstres de ses cauchemars dès qu'il l'allume. Mais ce soir, il s'endort pour une longue nuit en écoutant Farid et Kader parler de leurs études.

À leur réveil, les garçons retrouvent Si Ahmed dans la pièce commune. Si Ahmed et son envie de raconter *zik* (autrefois).
- **El Hamdoulillah** (Dieu merci)*, la guerre est terminée. Heureusement car il y a des champs à labourer à* **Oussamer** (côteaux exposés au sud ou adret) *près de Lalla Khédidja.*

Ce que Si Ahmed a oublié, c'est que ces champs il a dû les abandonner pendant la guerre d'indépendance.
Son village (Ath Ali Outmime) a même été détruit par l'armée française et la zone a été interdite.

La mère n'écoute ces histoires que d'une oreille distraite : elle a saisi que Kader est étudiant en médecine. Pour elle, sa venue est un don du ciel : ce Kader va soigner son petit Akli. Elle explique à Kader que Akli n'est pas fiévreux mais qu'il ne profite pas. Et elle lui demande s'il veut bien l'examiner. Kader ne peut refuser : il observe son jeune cousin et remarque surtout sa maigreur.
- *Mange-t-il bien ?*
- *Oui, il a de l'appétit et il ne fait pas le difficile.*
Kader ne peut pas prescrire des médicaments. Il conseille cependant une cure de charbon actif pour rétablir une bonne flore bactérienne dans son intestin.

Chapitre 6

Le surlendemain de l'arrivée de Kader, Farid aide son père pour creuser un puits. Ce travail, ils l'ont commencé il y a quelques mois. Au début, c'était assez facile. Si Ahmed avait désigné l'endroit à une vingtaine de mètres de la maison. Farid avait enlevé la terre végétale et l'avait épandue sur le champ. Puis il avait enlevé, patiemment à la pioche, des couches successives de roches dont il ne connaissait pas le nom. Il remplissait une brouette et son père allait la vider sur le chemin d'accès à la maison.

La mère demande à son petit d'accompagner Kader jusqu'à la pharmacie de Maillot pour y acheter du charbon actif. Elle lui prête un burnous à capuche pour le protéger du froid mais aussi des regards. Kader et Akli rejoignent la petite route qui serpente entre les oliviers.

Par endroits, elle surplombe, à droite, un panorama sur la vallée de l'Oued Sahel : vergers et prairies.
À gauche, c'est une succession de collines couvertes d'oliviers et de chênes-verts aux feuillages luisants. Et à l'approche de la ville, une vue dégagée sur le sommet encore enneigé de Lalla Khedidja.

Kader est émerveillé et, en entrant dans la pharmacie, il a un autre coup de foudre. Un coup de foudre pour la jeune pharmacienne.
Il bafouille :
- *Bonjour je m'appelle Kader...*
- *De quel médicament avez-vous besoin ?*
- *Une boîte de charbon actif.*

Sur le chemin du retour, Kader est dans un autre monde : il n'admire plus le paysage ; il ne discute plus avec Akli. Il ne s'inquiète plus de cacher son visage.

Chapitre 7

Les jours suivants, Kader trouve de multiples prétextes pour aller à la pharmacie : la notice ne précise pas la posologie pour un enfant de 10 ans, ni la durée du traitement, ni les contre-indications, ni…, ni….

Akli l'accompagne à chaque fois et Kader le récompense par des bonbons ou une *gazouze* (boisson pétillante).

Pendant ce temps-là, Farid et son père continuent à creuser le puits. C'est de plus en plus difficile à cause de la profondeur.

Mais Mohamed est ingénieux : il soude trois poutres métalliques pour en faire un trépied. Il y accroche une poulie et passe la corde avec laquelle on soulève les sacs de roche.

Kader amène Si Ahmed voir le chantier. Le vieux a une meilleure solution : son âne peut tirer la corde !

Alors le chantier avance car le travail est facilité. Farid creuse et remplit le sac. Akli fait avancer l'âne. Mohamed vide le sac dans la brouette. Et Akli fait descendre le sac à son frère en faisant reculer l'âne. Puis on recommence…

Kader ne participe toujours pas : trop faible pour creuser, trop maladroit pour conduire la brouette, trop peureux pour diriger l'âne !

Il s'esquive et part en promenade en suivant la rivière, ses rives sablonneuses, puis ses falaises de terre rouge. Revoit-il en cachette la jeune pharmacienne ?

On n'en sait rien… À son retour, il ne raconte rien !

Chapitre 8

- **Aman !** (De l'eau !)

La veille, Farid avait fini d'enlever au burin une couche de **oumlil** (roche blanche).

Ce matin c'est un miracle : au fond du puits, une petite flaque d'eau reflète le bleu du ciel.

Farid redouble de courage pour enlever des blocs si gros qu'il faut les casser pour les sortir du puits.

Le plus content c'est Si Ahmed car ce puits, il en rêvait depuis longtemps. Alors c'est lui-même qui choisit un coq avec une crête bien rouge. Akli devra l'attraper et Farid le sacrifier au fond du puits. Et ce jour se terminera par un festin : du poulet accompagné de **arkoul** (grains d'orge encore verts).

L'été approche et de nouveaux travaux sont à effectuer avec le débroussaillage d'une nouvelle parcelle à cultiver. Akli est heureux. Il s'est musclé et il trouve du plaisir à mettre sa force à l'épreuve. Il est maintenant plus fort que Kader. Kader toujours aussi incompétent pour les travaux agricoles !

Si pour eux la vie est redevenue calme, il n'en est pas de même dans tous les villages. Des centaines de personnes ont été massacrées à Benthala à une quinzaine de kilomètres au sud d'Alger : règlement de comptes ? vengeance des militaires ?

La vigilance se renforce. Ceux qui habitent des maisons isolées trouvent refuge dans les villages. Là, des groupes d'auto-défense s'organisent. Farid et son père y participent. Pas Kader : il ne saurait tenir une carabine !

Chapitre 9

Farid n'aime pas les armes mais il sait se servir d'un fusil de chasse. D'ailleurs, il a déjà tué un sanglier qui dévastait leur champ de pommes de terre ! Il assure donc ses tours de garde.

Un jour, il reçoit une convocation pour faire son service militaire et il aimerait bien y échapper car l'Armée est la cible des *"barbus"* (intégristes).

À la lecture de son nom de famille, le médecin militaire demande à Farid de saluer son oncle qui est Lieutenant-Colonel et il l'exempte du service national à cause d'une scoliose (déformation de la colonne vertébrale).

À la rentrée, Farid retourne à l'Université . Son cursus est terminé mais il s'inscrit dans une autre filière pour garder sa chambre et en profiter pour chercher du travail.

Les vacances se terminent aussi pour Akli : des vacances passées dans son jardin où tout pousse grâce à l'eau du puits. Akli est admis au Collège de Maillot et comme il y va à pied, il se couche tôt. Kader aussi mais, tous les soirs, Akli l'entend s'agiter dans son lit.

Qu'est-ce qui le tourmente ainsi et qu'est-ce qui l'empêche de s'endormir ?

Un matin, Akli constate que la porte de la chambre est déverrouillée et que les affaires de Kader ne sont plus là. Il rejoint ses parents et s'en inquiète.

Personne n'a vu Kader. Personne n'a vu Kader ce matin et, depuis ce jour-là, personne n'a vu Kader au village.

Chapitre 10

Le soir du 25 juin 1998, une rumeur gronde dans la Cité universitaire : *Matoub a été tué !* Plus personne n'est au lit et la FAC est encerclée par les C.R.S.

Dès le lendemain matin, la ville entière est dans la rue comme partout en Kabylie et au-delà.

Mais Farid a d'autres préoccupations : ses démarches pour trouver du travail n'ont rien donné. Alors il entreprend en cachette les formalités pour continuer ses études en France : dossier de pré-inscription dans plusieurs universités et demande de visa auprès de l'Ambassade de France.

Puis c'est une attente désespérément longue jusqu'au jour où un ami lui conseille de téléphoner à l'Ambassade. Étonné, Farid apprend qu'on lui a envoyé une réponse positive. Pourquoi ne l'a-t-il jamais reçue ? Un jaloux aurait intercepté la lettre !

Le surlendemain, il va à Alger en prétextant accompagner un ami, récupère son visa et réserve son vol dans une agence Air-Algérie avec l'argent qu'il a gagné à la cueillette des poires chez des arboriculteurs de la vallée.

L'annonce de son départ est un choc : personne dans sa famille n'est parti en France depuis Mohand pendant la guerre 1939-1945. Mais après tout, c'est sans doute un bien car tous ceux qui ont quelqu'un en France ont des moyens (le confort, une voiture, une affaire…) !

Et d'ailleurs, le 12 juillet 1998, la France est sur tous les écrans ; la France vainqueur de la coupe du monde de football !

Chapitre 11

Farid se souviendra toujours de sa première nuit en France : l'avion d'Air-Algérie arrive très en retard à Orly ; le taxi lui fait payer le tarif de nuit pour la Gare Montparnasse ; le dernier train pour Rennes est parti ; les hôtels sont trop chers ; les rues se vident...

Un jeune l'interpelle :
- *Eh mec, aurais-tu du feu ?*
- *Non, je ne fume pas ! Je cherche un hôtel pas cher…*
- *Tu n'as aucune chance à cette heure ! Viens…*

Après de longues minutes de marche, le jeune soulève discrètement un volet d'une petite maison. Il se glisse à l'intérieur et demande à Farid de lui passer sa valise.

Dans l'obscurité, tous les deux montent un escalier et ils s'allongent sur des matelas, chuchotent puis s'endorment. Ce n'est qu'à la première lueur du jour que Farid devine, dans le grenier, d'autres silhouettes sous des couvertures.

Son bienfaiteur lui donne une banane et lui recommande de sortir sans bruit.

Quelques jours plus tard, Farid rassure ses parents en leur envoyant une première lettre de Rennes. Il y ajoute une carte pour son petit frère qui est rentré au Collège :

Azul (Bonjour) Akli.
J'espère que tu es en bonne santé et que tu travailles bien au Collège. Pour moi, ça va en France. Avec la Faculté, je suis allé à Saint-Malo et à Cancale. J'ai même goûté des gros coquillages plats qu'on appelle des huîtres.
Mes encouragements.

Signé Farid.

Chapitre 12

Farid se souviendra de la banane mangée à Paris : un délice ! Et, dans les mois qui suivent, la France est, pour lui, le pays des bananes. Pourtant il a découvert la Bretagne avec ses nombreuses variétés de pommes, ses fromages, ses poissons et ses crustacés...

Au printemps 1999, il apprend, par la télévision française, la démission du président Zéroual, le retrait de tous les candidats à l'élection présidentielle sauf Abdelaziz Bouteflika. Celui-ci se targue de mesurer trois centimètres de plus que Napoléon. Il promet de réformer l'économie et l'éducation.

Abdelaziz Bouteflika est élu Président de la République le 16 avril 1999. Fin mai, un article paraît dans le journal français **Libération** :
Comme il l'avait fait au cours de sa campagne électorale, Abdelaziz Bouteflika a dressé un bilan sombre et sévère de la situation. Tout y est passé : « l'État malade de ses institutions », « l'administration malade de ses pratiques de passe-droits et de clientélisme », la « corruption », la nécessité « d'adapter l'Algérie à l'environnement économique mondial » et de passer de « l'économie de la rente et du bazar » à celle du marché. Et, à l'instar de ses prédécesseurs, il s'est engagé à combattre « fermement » ces pratiques et à réformer le système judiciaire et d'éducation.

Farid pense qu'avec ce Président, l'Algérie peut prendre un nouveau départ. Il décide d'écrire à nouveau à son jeune frère à l'occasion du mariage de leur grande sœur :

Azul Akli.
J'espère que toute la famille va bien. Notre famille qui s'agrandit avec le mariage de notre sœur. Je ne pourrai

pas être avec vous pour la fête : le voyage coûte trop cher !

Pour échanger plus facilement des nouvelles, j'ai créé deux adresses e-mail : une pour moi et une pour toi. Voici la tienne : aklimaillot@voila.fr Tu peux aller au Cyber-Café et te connecter avec notre nom de famille (en minuscule) comme mot de passe. Je t'ai déjà envoyé un message.

Ici en France, quand je dis que je suis algérien, les gens pensent que je suis arabe. Alors je leur explique que je suis berbère et que ma langue maternelle est le tamazigh. J'espère que notre nouveau Président autorisera l'enseignement de la langue tamazigh.

Ce sera bientôt le vingt-et-unième siècle et je souhaite qu'il t'apporte beaucoup de bonheur. Si tu as le goût du travail de la terre, propose de nouvelles cultures à notre père en installant un système d'irrigation au goutte à goutte.

Dans les mois qui suivent, Abdelaziz Bouteflika fait voter une amnistie générale. C'est la Concorde civile (en arabe : الوئـام المـدني, prononcé *al-oui'am al-madani*), une loi de «*grâce amnistiante*». Cette loi vise au début à réintégrer dans la vie civile ceux qui ont manifesté leur volonté de renoncer à la violence armée et à amnistier ceux qui ont été impliqués dans les réseaux de soutien aux groupes terroristes durant la décennie noire.

L'effet est rapidement visible : de nouveaux magasins voient le jour ; la plupart sont tenus par des "*repentis*".

Farid ne peut envisager de côtoyer ces "*repentis*" au quotidien et il réalise que sa vie est en France.

Fin

À savoir :

Le village, aujourd'hui disparu, d'Ath Ali Outmime comptait 256 habitants en 1879. Il se situait sur le versant sud de Lalla Khédidja, le plus haut sommet du Djurdjura (2308 m).

L'histoire se passe durant la période la plus trouble de l'Algérie indépendante : la décennie noire. À partir des années 1980, le nombre de chômeurs augmente considérablement ; le pays manque de tout ; les islamistes tentent d'imposer leur modèle de société, l'armée s'y oppose ; le président réformateur Mohamed BOUDIAF est tué le 29 juin 1992 ; les attentats sont de plus en plus meurtriers ; nombre d'intellectuels s'exilent notamment des médecins, des artistes, des journalistes et des écrivains dont Rachid MIMOUNI et Hamid SKIF. Ce dernier trouve refuge en Allemagne où il continue d'écrire en français. Dès 1998, il publie en ligne *"Citrouille fêlée."* sur le Site 00h00.com (zéro heure point com) basé à Paris.

Les massacres s'intensifient encore (officiellement 30 000 victimes ; officieusement 200 000 morts ou disparus).

Dans ce marasme, les Kabyles revendiquent la reconnaissance de leur culture : printemps berbère de 1980 ; émeutes sanglantes d'octobre 1988 ; création du R.C.D. (Rassemblement pour la Culture et la Démocratie) ; grève des cartables en 1994-1995 jusqu'à l'introduction de la langue amazigh dans l'enseignement. La réponse officielle est la création du H.C.A (Haut Commissariat à l'Amazighité) le 28 mai 1995.

Certains le paient de leur vie. L'assassinat du chanteur Lounès MATOUB est un traumatisme pour ses admirateurs et les hommages sont nombreux en Kabylie, en Algérie et partout dans le monde. Un rassemblement est organisé à Rennes par l'Association Culturelle des Berbères de Bretagne et un numéro spécial de *AMENZU* paraît en novembre 1998.

Sofiane d'Alger

(Algérie)

Une histoire presque vraie
(7)

Sofiane *est né vers 1975 dans une banlieue pauvre d'Alger. C'est un beau garçon mais tellement timide !*

Il aimerait pourtant trouver une fiancée et fonder une famille…

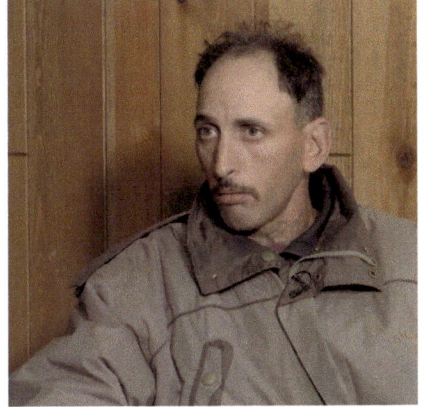

Sofiane en 2020

Gérard LAMBERT, lors d'un énième voyage en Algérie en 2019, a pu constater les aspirations des habitants face au Pouvoir qui les méprise.

" ***Vendredire*** " : Manifester le Vendredi.

Chapitre 1

- Aucune forme distincte autour de moi !

... Où suis-je ?

Je n'entends pas mon cœur battre, je n'ai ni chaud ni froid, je ne sais même pas si je respire encore...

Je m'appelle Sofiane. Je suis un bel Algérois. J'ai plus de 45 ans. Disons plutôt : j'avais plus de 45 ans car j'ai perdu mon corps !

J'avais une taille assez grande, des mains fines, une tête allongée, de belles dents, des cheveux lisses, une moustache bien taillée, un regard timide...

Et malgré ça, j'étais encore **"*seulibataire*"** (célibataire).

Pourtant j'ai été beaucoup de fois amoureux.

On m'a même marié tout à l'heure avec une femme en pantalon jaune.

Ça s'est passé à la télévision. Maintenant j'ai l'impression que c'est la télévision qui est responsable de ce qui vient de m'arriver.

Alors je préfère vous raconter toutes mes histoires d'amour.

Chapitre 2

J'ai connu ma première amoureuse à l'école primaire. J'avais 11 ans. Elle aussi. Elle s'appelait Aldjia. Et moi, j'écrivais *ALGIA* !

Je ne me rappelle pas si il y avait d'autres filles dans ma classe mais je me souviens d'Aldjia qui m'aidait à faire mes devoirs.

Nous avions comme professeur un Égyptien qui nous enseignait l'arabe mais je ne comprenais ni les textes ni ses explications.

Pour rentrer de l'école, Aldjia et moi, nous faisions un bout de chemin ensemble et nous nous arrêtions à l'ombre d'une grande bâtisse construite du temps de la France.

Je ne sortais pas mon livre du cartable : je m'asseyais auprès de Aldjia ; ses cheveux caressaient ma joue ; elle lisait et relisait le texte et moi j'essayais de l'apprendre par cœur.

Je ne comprenais pas tous les mots mais, le lendemain, je savais répéter les phrases.

Puis nous nous disions :

Ar-tufat ! (À demain !) *inch Allah...*

Nous avions un dernier regard et je lisais, dans ses yeux, une grande gentillesse.

Chapitre 3

Un jour au kiosque, j'ai vu une carte postale avec une photo d'Alger en forme de cœur et cette inscription en grand : I LOVE ALGIERS.

J'avais entendu des copains dire que I LOVE YOU ça voulait dire JE T'AIME !

Et bien sûr que j'aimais Alger que je voyais du Cap Matifou !

Mais j'aimais encore plus ALGIA. Alors j'achetai la carte et je collai une gommette avec un grand A sur les trois dernières lettres du mot ALGIERS.

Lors de la récréation de l'après-midi, je demandai à notre **Cheikh** (Maître d'école) la permission d'aller chercher un jeu dans la classe et j'en profitai pour glisser ma carte au fond du cartable d'Aldjia.

Je n'ai jamais su si elle devina que c'était moi son "amoureux". Elle revint le lendemain à l'école avec un **hidjab** (voile) et n'adressa plus la parole aux garçons.

Mes camarades étaient surpris par ce comportement. Moi je ne parlai à personne de ma carte mais je me dis que les parents d'Algia l'avait vue et qu'ils avaient trouvé là une bonne occasion pour imposer une conduite exemplaire à leur fille.

Dorénavant son frère la surveillait constamment...

Puis j'ai quitté l'école pour aller travailler dans les fermes avec mon père.

Chapitre 4

Pas plus que les jeunes de mon âge, je n'avais envie de faire mon service militaire. Il faut dire que dans les années 1990, l'armée algérienne recherchait et combattait les terroristes.

Ceux qui étaient étudiants avaient un sursis. D'autres partaient à l'étranger pour y échapper. Moi je n'eus pas le choix et on m'envoya dans une caserne près de Médéa.

Nous faisions souvent des patrouilles dans les Monts de Chréa.

C'était fatigant car le relief était très accidenté, la chaleur étouffante, et les arrestations rares.

Nous trouvions souvent leurs caches mais elles étaient vides. Des camarades disaient que les terroristes avaient été prévenus par des complices et même que ces complices étaient dans l'armée !

Une fois pourtant, nous avons capturé trois hommes et une jeune femme. Celle-ci nous a confié qu'elle était leur prisonnière et que leur chef l'avait mariée de force.

Un jour de décembre 1995, les terroristes nous ont tendu un piège alors que nous avancions dans la gorge de l'Oued el Kébir. Nous nous sommes repliés rapidement et, dans notre fuite, je suis tombé et je me suis cassé la jambe gauche.

Avant moi, les autres ont vu l'os et ils m'ont aidé à rejoindre la jeep.

Chapitre 5

On me transporta à l'hôpital militaire dans la banlieue d'Alger. On m'endormit pour m'opérer et, quand je me réveillai, je vis une infirmière qui m'observait de près.

Aussitôt je pensai à Aldjia car cette jeune fille lui ressemblait. Et il était possible que Aldjia soit devenue infirmière. Elle me demanda :
- *Comment allez-vous ?*
- *Ça va...*

C'est tout ce que je dis. À sa voix, je sus que ce n'était pas Aldjia. Mais j'eus un coup de foudre et mon corps se réveilla complètement sauf ma bouche qui resta muette.

La belle infirmière continua son travail auprès d'autres malades et quitta la chambre... Je ne l'ai jamais revue.

Le lendemain (mardi 12 décembre) à 17h35, une explosion se fit entendre. Ce fut la panique à l'hôpital car on pensa tout de suite à un attentat. On apprit rapidement qu'une voiture piégée avait explosé devant un café de la cité voisine Aïn Naadja.

Il devait y avoir un grand nombre de victimes car les ambulances allaient et venaient entre la cité et l'hôpital. Je les entendais de mon lit où ma jambe était suspendue à une potence.

Il y eut des dizaines de blessés et de morts : des clients du café, des habitants ou tout simplement des gens qui passaient par là à ce moment fatidique.

Je ne saurai jamais si ma belle infirmière en fit partie.

Chapitre 6

J'approchais de mes 30 ans quand mes parents entreprirent des démarches pour me marier.

Ma mère avait une cousine qui habitait Boumerdès. Cette cousine n'avait que des filles. Mon père, ma mère et moi nous leur rendîmes visite à l'occasion de l'Aïd el-Kébir en 2003.

On était mi-février et dans le *fourgon* (taxi collectif) ma mère me parla de *Azl Yennayer* (la fin de l'hiver) et de *Azri* (le célibataire).

D'après elle, le retour des beaux jours était une bonne période pour préparer mon mariage. Je n'avais pas de fiancée mais pour elle, ce n'était pas un problème...

Elle n'avait pas vu ses petites cousines depuis qu'elles étaient enfants mais elle avait calculé que l'aînée était maintenant en âge d'avoir un mari.

Ma mère et sa cousine me parurent complices et mon futur beau-père m'invita à égorger moi-même le mouton pour la fête.

Je n'aime pas tuer les animaux mais, ce jour-là, je n'osai pas refuser car sa grande fille Ferroudja me plaisait bien.

De plus, sa mère et elle nous préparèrent très rapidement un plat à se lécher les doigts : le *bouzelouf* (tête et pattes du mouton) avec des *loubias* (haricots blancs).

Chapitre 7

Le soir du 21 mai 2003, la terre trembla et j'eus comme un pressentiment : des dizaines, des centaines ou même des milliers de victimes ?

Moi et mes parents, nous étions sains et saufs.

Je sortis constater les dégâts à Bordj El Bahri et je croisai beaucoup de gens apeurés mais qui n'étaient pas blessés.

Dans les discussions un nom revenait souvent : Boumerdès. Je pensais à ma cousine Ferroudja : je sentais qu'un malheur l'avait frappée.

La télévision diffusa rapidement des images de la ville détruite. On nous montra un tas de ruines en nous expliquant que c'était ce qu'il restait d'un immeuble de quatre étages identique à un autre qui était resté debout !

Je crus reconnaître l'immeuble de mes cousines et, quelques jours plus tard, nous apprîmes que toute la famille avait été écrasée par l'effondrement de leur immeuble.

Pas de chance pour eux : ils habitaient l'immeuble construit après l'indépendance. Celui d'à côté (qui était intact) datait du temps de De Gaulle.

Une quarantaine de jours après le séisme, mes parents et moi, nous allâmes nous recueillir au cimetière de Boumerdès.

Adieu Ferroudja... Adieu mon mariage…

Chapitre 8

Et il y eut une Monique.
Ce jour là, je vendais des melons jaunes sur la route qui longe la mer à Bordj El Bahri.

Un car s'arrêta non loin de mon stand. C'étaient des Français qui retournaient à leur hôtel après avoir visité le Fort turc de Tamentfoust.

Une grande dame en jupe me demanda un gros melon.
Au moment de payer, je vis un document tomber dans un égout dont la plaque avait disparu.

C'était sa carte d'identité. En prenant appui sur mes mains, je descendis dans le trou et je récupérai la carte.

Je pris un mouchoir pour la nettoyer et je lus : "Monique Marcelin" (Dans ma tête : "*Moh nique Marceline.*")

Lorsque je levai la tête, elle était là tout près de moi et je ne voyais que ses longues jambes qui remontaient haut, très haut sous sa jupe.

Je fus troublé : je n'avais jamais vu des jambes aussi fines et aussi blanches !

Je sentais mon sang bouillir et j'étais sans doute cramoisi quand je remontai et que je lui tendis sa carte.

Pour me remercier, elle eut une formule que j'ai encore en tête :

- *Shoukran. Merci beaucoup, mon petit !*

Monique monta dans le car mais moi je gardai son image imprimée en couleurs dans ma tête.

Mon cousin me dit que si je savais écrire son nom, je pourrais essayer de lui envoyer un e-mail car, sur Internet, la plupart des Français utilisent leur nom et leur prénom.

Je préparais donc mon texte :
bonjour madame.
moi, vendeur de melons à Alger.
vous, carte d'identité tombée.
merci répondre moi. Sofiane.

Et je l'envoyai à : monique.marcelin@yahoo.fr monique.marcelin@orange.fr ; monique…@hotmail.com ; etc...

J'eus des messages d'erreur et aussi une réponse :

Bonjour Sofiane,
Je suis très surprise que vous avez mon adresse de messagerie mais votre e-mail m'a fait plaisir.
Ça me rappelle mon beau voyage à Alger et le goût du melon jaune que je vous ai acheté.
Dommage que vous soyez si loin : j'en mangerais bien tous les jours !
Au plaisir. Monique

Mon cousin m'aida à bien comprendre ces longues phrases et à rédiger les messages suivants.

J'eus même l'espoir que Monique m'envoie une attestation d'hébergement car, dans ses derniers e-mails, elle commençait par « *Cher Sofiane* » et pour moi c'était comme « *Mon Chéri* » !

Elle écrivait régulièrement... Puis plus rien.

Chapitre 10

Cela faisait des semaines que j'attendais des nouvelles de Monique quand, en février, j'ai reçu un e-mail inquiétant :

Cher ami,
Je suis en Afrique du Sud dans une situation difficile : ma carte bancaire et mes papiers m'ont été volés. Je compte sur toi pour m'envoyer un mandat de 300 $ à ce compte :
ZA67 5815 0144 0935 947
Fais vite.
Monique

Je n'avais pas su qu'elle voulait aller en voyage en Afrique du Sud.

Monique avait besoin de moi. J'avais fait quelques économies en vendant des melons l'année précédente. Alors je fis rapidement les démarches à La Poste. Elle avait besoin de 300 dollars ; j'envoyai 300 dollars sans en parler à personne. C'était une affaire entre elle et moi !

Après cela, toujours pas de nouvelles...

Alors je lus et relus ses anciens messages et je trouvai un renseignement qui m'avait échappé. Une fois elle m'avait donné son numéro de téléphone fixe : 00 33 . .. .

J'appelai ce numéro : un homme répondit. C'était son fils...

- Vous voulez parler à ma mère ? Je suis désolé de vous dire qu'elle est morte subitement avant Noël...

Le ciel me tomba sur la tête : Adieu Monique... Adieu mes économies... **Un escroc en avait profité !**

Chapitre 11

Pendant le Ramadan 2020, me voilà sur le plateau de NumidiaTv. Le présentateur de l'émission m'accueille en chemise bleu ciel. Il me fait asseoir sur un divan face à lui. Moi j'ai gardé mon parka à large col qui cache le micro. Je réponds à ses questions. Je lui dis mon prénom : *Sofiane* ; où j'habite : *Bordj El Bahri* ; mon travail : *journalier* ; ma situation de famille : *célibataire*...

Le présentateur paraît surpris que je ne sois pas marié à mon âge ! Il me demande quel genre de femme je voudrais. Je ne sais pas quoi répondre ; alors il me propose : *une femme de famille, ... qui travaille, ... qui a une maison à elle...* Évidemment que je suis d'accord !

Il me rappelle que, pour avoir participé à l'émission, j'ai droit à un cadeau. Et il appelle son directeur pour savoir quels cadeaux sont encore disponibles. Celui-ci répond :
- *Une belle femme à marier... Je vous l'envoie !*

Arrive, sur le plateau, une femme en pantalon jaune : elle s'assoit à côté de moi. L'animateur exulte :
- *C'est ta chance ! Si tu es d'accord pour te marier avec elle, j'appelle l'imam.*

Je ne sais pas quoi répondre et je me fais tout petit.
J'essaie de lui parler à elle et je lui murmure :
- *Mes parents ne sont pas au courant.*

Elle réplique :
- *Tu n'as pas besoin d'eux ; mon oncle peut être ton témoin !*
L'animateur s'agite :
- *On est en direct. J'appelle l'imam, oui ou non ?*

Je suis paralysé...

Chapitre 12

L'animateur nous demande de nous lever et il se place entre elle et moi.

Elle, je ne sais même pas son nom.
Elle, elle rigole. Alors l'animateur me dit en français :
- *C'est une caméra cachée !*
- *Quoi la caméra est cassée ?*
- *Non, je te dis que ce mariage c'était une blague !*

Je comprends que cette émission c'était un piège pour moi. Je suis dépité. L'animateur et sa complice se sont bien moqués de moi !
Je ne veux plus les voir... Je quitte le plateau...

Me voilà dans une rue sur les hauteurs d'Alger. Je ne sais même pas où car c'est NumidiaTv qui a envoyé un taxi pour me ramener au studio.

J'aperçois l'hôtel Aurassi. Je prends sa direction.
Il y a trop de belles voitures sur ses grands boulevards !
Moi je n'ai même pas un logement à moi. Et aujourd'hui, c'est la honte : je reviens chez mes parents, les mains vides alors qu'on m'avait promis un cadeau. Que faire sans un dinar en poche ?

Je m'engage dans un chemin qui contourne l'immense Hôtel et je descends vers la mer.
Après des heures de marche, me voilà au port. Hélas le cauchemar reprend. Les gens m'interpellent :
- **Eh Sofiane, elle est où ta femme ?**

Ils m'ont vu à la télé...
Je fuis vers l'îlot et je m'engage sur la jetée et, tout au bout, je saute à l'eau.

Fin ?

À savoir :

Histoire inspirée par Sofiane ... né vers 1975 dans une banlieue pauvre d'Alger.

Il survit malgré les drames qui frappent le Pays :
- Années 1990 : décennie noire (peut-être 200 000 morts ou disparus !)
- 21 mai 2003 : séisme à l'est d'Alger (2 266 morts ; 10 261 blessés et environ 200 000 sans-abris).

Vue de Boumerdès après le séisme

En 2019, Sofiane reprend espoir et chaque vendredi, il rejoint la foule qui marche dans la capitale pour réclamer un changement de régime politique.

Le Président Bouteflika démissionne début avril mais les Généraux installent son remplaçant.

Les marches ont lieu jusqu'en mars 2020 quand survient l'épidémie mondiale du coronavirus Covid 19.

La vie continue et, pendant le Ramadan, la Chaîne NumidiaTv recommence sa distribution de couffins garnis et ses émissions de caméra cachée.
C'est souvent déshonorant et parfois méchant.

Bonus : Poésies (Acrostiches* et devinette)

Acrostiche = texte dont le titre se lit verticalement.

Acrostiche 1

Petite fille à ton papa,

Offre-lui tes résultats.

Unis tes efforts aux siens.

Rayonne de joie pour le Bien.

Toi, sur qui compte Yemma,

Ouvre-lui grand les bras.

Instaure un climat serein.

Des frères, tu en as trois.

Y aurait-il un petit roi ?

Habitue-les à te donner la main.

Invite tes amis à penser demain.

Apprends-moi la vie des tiens.

GéLamBre, 2003

Acrostiche 2

Suant sous un soleil accablant,
Une jeune femme remonte péniblement,
Rapportant un ballot de chiendent...

Le coopérant descend en sautillant,
Evitant tout regard compromettant.

Satisfait de son métier,
Enivré par la liberté,
Notre homme va se balader.
Taguemount est derrière lui.
Il devine quelques gourbis
Entre les figuiers de barbarie.
Rien, plus rien ne le soucie.

Des hommes, ici, ont jadis combattu ;
Et, pour Yamina, certains ont été pendus :
Signes probants de l'honneur de la tribu.

On a mis fin à ces conflits séculaires.
Un oued sert, dorénavant, de frontière !
A ses abords, la végétation est prospère :
Digitales, acacias, roseaux et fougères.
Hors de son lit, les grenadiers ont tout pour plaire :
Irrésistible ombrage et fruits qui désaltèrent...
Après avoir franchi le gué, la montée est régulière,
Sur l'étroit sentier qui mène à l'école des Pères.

GéLamBre, août 2004
(Souvenirs de 1971-1973)

Acrostiche 3

Ouallah, dégoûtés ! ... On survit !
Nul espoir dans ce pays...

Vivre n'est pas survivre :
Il importe de se réaliser.
Tout est fait pour vous en empêcher !

De quoi manquons-nous en réalité ?

Envie d'apprendre, comprendre, découvrir,
se promener, se cultiver,
Nager, courir, se reposer, se divertir, jouer,
conquérir, aimer,
Vibrer, échanger, paraître, douter,
progresser, transmettre...
Inutile de continuer : chacun a ses
priorités.
En fait, il nous faut juste un peu de
liberté !

GéLamBre, Tizi-Ouzou, 28 novembre 2003

Acrostiche 4

Rien n'est trop beau pour Nessim :

Il ne regarde pas aux centimes.

Mais ses copains sont unanimes

Et c'est le look qui prime !

Pourtant il mène un combat légitime :

On laisse les jeunes dans l'abîme.

Un jour, il faut qu'ils s'expriment :

Réclamer des droits n'est pas un crime !

Nessim, pour toi j'ai de l'estime

Et pour moi, tu n'es pas anonyme.

Sois meilleur en classe qu'à l'escrime.

Suis le bel idéal qui t'anime.

Imagine pour l'Algérie, un autre régime.

Mets tes mots par écrit et en rime !

GéLamBre, Janvier 2004

Devinette

Invitation
À chercher des rimes
Sans prétention
Avec vos Minimes.

QUI A PRIS LE CANIF ?

                C'EST CHÉRIF !

QUI A PRIS L'AGENDA ?

                C'EST ZAHIA !

QUI EST TRÈS SPORTIF ?

                C'EST CHÉRIF !

QUI EST TRÈS SYMPA ?

                C'EST ZAHIA !

QUI N'EST PAS CRAINTIF ?

                C'EST CHÉRIF !

QUI A PEUR DES RATS ?

                C'EST ZAHIA !

QUI A PIÉTINÉ LE MASSIF ?

                C'EST CHÉRIF !

QUI A CASSÉ LE LILAS ?

                C'EST ZAHIA !

QUI A JOUÉ AVEC L'ADHÉSIF ?

                C'EST CHÉRIF !

QUI VEUT PRENDRE LA CAMÉRA ?

                C'EST ZAHIA !

ET QUI DOIT CRIER : « Gare ! » ?

                C'EST AMAR !

GéLamBre, 2004

Dans ce Recueil :

NOUVELLES	Années évoquées	Première page
Lounès de Tagragra.	1970	11
Kenza de Djémila.	1980	29
Zineb de Cherchell.	2000	49
Ali de Beni-Yenni.	1950	67
Nadia de Tizi-Ouzou.	1960	85
Farid de Béjaïa.	1990	103
Sofiane d'Alger.	1980 à 2020	123
POÉSIES		7 et 141

Impression : BoD - (Books on Demand)
Norderstedt, Allemagne